共和国故事

抗御风暴

——欧亚联手抗击全球性金融风暴

王治国 编写

吉林出版集团股份有限公司

图书在版编目（CIP）数据

抗御风暴：欧亚联手抗击全球性金融风暴/王治国编. ——

长春：吉林出版集团股份有限公司，2009.12

（共和国故事）

ISBN 978-7-5463-1873-8

Ⅰ．①抗… Ⅱ．①王… Ⅲ．①纪实文学－中国－当代 Ⅳ．①I25

中国版本图书馆 CIP 数据核字（2009）第 237693 号

抗御风暴——欧亚联手抗击全球性金融风暴

KANGYU FENGBAO　　OUYA LIANSHOU KANGJI QUANQIUXING JINRONG FENGBAO

编写　王治国

责任编辑　祖航　黄群

出版发行　吉林出版集团股份有限公司

印刷　三河市嵩川印刷有限公司

版次　2010 年 1 月第 1 版　　　　　2022 年 1 月第 9 次印刷

开本　710mm×1000mm　1/16　　　印张　8　字数　69 千

书号　ISBN 978-7-5463-1873-8　　　定价　29.80 元

社址　吉林省长春市福祉大路 5788 号

电话　0431－81629968

电子邮箱　tuzi8818@126.com

前　言

自 1949 年 10 月 1 日中华人民共和国成立至今,新中国已走过了 60 年的风雨历程。历史是一面镜子,我们可以从多视角、多侧面对其进行解读。然而有一点是可以肯定的,那就是,半个多世纪以来,在中国共产党的领导下,中国的政治、经济、军事、外交、文化、教育、科技、社会、民生等领域,都发生了深刻的变化,中国人民站起来了,中华民族已屹立于世界民族之林。

60 年是短暂的,但这 60 年带给中国的却是极不平凡的。60 年的神州大地经历了沧桑巨变。从开国大典到 60 年国庆盛典,从经济战线上的三大战役到经济总量居世界第三位,从对农业、手工业、资本主义工商业的三大改造到社会主义市场经济体制的基本确立,从宜将剩勇追穷寇到建立了强大的国防军,从废除一切不平等条约到独立自主的和平外交政策,从"双百"方针到体制改革后的文化事业欣欣向荣,从扫除文盲到实施科教兴国战略建设新型国家,从翻身解放到实现小康社会,凡此种种,中国人民在每个领域无不留下发展的足迹,写就不朽的诗篇。

60 年的时间在历史的长河中可谓沧海一粟。其间究竟发生了些什么,怎样发生的,过程怎样,结果如何,却非人人都清楚知道的。对此,亲身经历者或可鲜活如昨,但对后来者来说却可能只是一个概念，对某段历史的记忆影像或不存在，或是模糊的。基于此，为了让年轻人，特别是青少年永远铭记共和国这段不朽的历史，我们推出了这套《共和国故事》。

《共和国故事》虽为故事，但却与戏说无关，我们不过是想借助通俗、富于感染力的文字记录这段历史。在丛书的谋篇布局上，我们尽量选取各个时代具有代表性或深具普遍意义的若干事件加以叙述，使其能反映共和国发展的全景和脉络。为了使题目的设置不至于因大而空，我们着眼于每一重大历史事件的缘起、过程、结局、时间、地点、人物等，抓住点滴和些许小事，力求通透。

历史是复杂的，事态的发展因素也是多方面的。由于叙述者的视角、文化构成不同，对事件的认知或有不足，但这不会影响我们对整个历史事件的判断和思考，至于它能否清晰地表达出我们编辑这套书的本意，那只能交给读者去评判了。

这套丛书可谓是一部书写红色记忆的读物，它对于了解共和国的历史、中国共产党的英明领导和中国人民的伟大实践都是不可或缺的。同时，这套丛书又是一套普及性读物，既针对重点阅读人群，也适宜在全民中推广。相信它必将在我国开展的全民阅读活动中发挥大的作用，成为装备中小学图书馆、农家书屋、社区书屋、机关及企事业单位职工图书室、连队图书室等的重点选择对象。

编　者

2010 年 1 月

一、 积极应对金融风暴

● 温家宝指出：特别是当前国际金融动荡，已经波及许多国家，影响还会加剧，各国应当通力合作，迎接挑战。

● 周小川说：中国央行正在密切关注国际金融市场形势，以确定下一步利率调整政策。

● 温家宝强调：战胜这场金融危机需要全球行动，合力应对，包括推动建立公平、公正、包容、有序的国际金融体系。

温家宝呼吁各国迎接挑战

2008 年 9 月 16 日下午，第六十三届联合国大会会议在纽约联合国总部拉开帷幕。

在联大会议厅，联大主席、尼加拉瓜前外交部长德斯科托·布罗克主持召开了新一届联大的第一次全体会议。他在会议上发表致辞说，世界粮食危机、联合国改革和气候变化等将是本届联大关注的重点问题。

联合国大会是联合国主要的审议、监督和审查机构，也是唯一一个由联合国全体会员国组成的机构。联大在每年 9 月至 12 月举行一次常会，目的是给各国提供一个讨论共同关心的国际问题的平台。

就在第六十三届联合国大会举行期间，美国次贷危机的波及范围迅速扩大，这次联大的会议议题也逐渐偏离了原来的设定，金融危机成了热门话题。

次贷危机又称次级房贷危机，也译为次债危机。它是指一场发生在美国，因次级抵押贷款机构破产、投资基金被迫关闭、股市剧烈震荡引起的金融风暴。它致使全球主要金融市场出现流动性不足危机。美国"次贷危机"是从 2006 年春季开始逐步显现的。2007 年 8 月开始席卷美国、欧盟和日本等世界主要金融市场。

2008 年 7 月 12 日，美国股价跌至 50 年来最低，通用公司隐现破产危机；9 月 15 日，美国第四大投资银行雷曼兄弟公司陷入严重财务危机并宣布申请破产保护，更加严重的金融危机来临。欧洲央行当天宣布向商业银行系统共注资 300 亿欧元，期限为一天，平均利率为 4.39%，高于欧洲央行主导利率 4.25% 的水平。这是欧洲央行自 2007 年夏季全球金融市场出现危机以来首次采取这种干预方式。

9 月 20 日，布什政府正式向美国国会提交拯救金融系统的法案，财政部将获得授权购买最高达 7000 亿美元的不良房屋抵押贷款资产。

步美国的后尘，韩国、日本、中国香港特别行政区、中国台湾地区和印度尼西亚等有关当局，纷纷采取相关措施放松了货币政策，向银行注资。一场金融危机的发生却在所难免。

美国次级抵押信贷风波起于 2008 年春，延于当年初夏，在仲夏七八月间扩展为全球共振的金融风暴。虽有各国央行联手注资、美联储降低再贴现利率等干预措施，当前危势缓解，但其冲击波仍在继续蔓延。

中国国内舆论 2008 年 8 月以来已对此国际金融事件给予较高关注，2008 年 8 月 24 日以后，又有中国银行、工商银行、建设银行中报相继披露所持次贷债券数额新闻发生，更证明了中国在危机中难以完全涉身事外。

9 月 23 日，中国国务院总理温家宝抵达纽约，出席联合国千年发展目标高级别会议和第六十三届联大一般性辩论。

10月24日，第六十三届联合国大会在纽约举行。在这次会上，温家宝作题为《坚持改革开放，坚持和平发展》的发言。

温家宝首先代表中国政府和人民对国际社会给予中国抗震救灾和举办奥运会的理解、支持和帮助表示感谢。

关于北京奥运会后中国的政治经济走向，温家宝强调，中国将继续坚定不移地走和平发展道路，继续坚持改革开放，继续贯彻独立自主的和平外交政策。这符合中国人民的根本利益，符合世界人民的根本利益，也顺应世界潮流。

温家宝说，中国仍然是一个发展中国家，实现现代化任重道远。聚精会神搞建设，一心一意谋发展，是中国政府和人民的理念和行动。

温家宝说：

主席先生：

在人类漫长的发展史上，世界各国的命运从未像今天这样紧密相连，休戚与共。面对气候变暖、环境恶化、资源紧缺、疫病和自然灾害频发、恐怖主义蔓延等一系列威胁人类生存和发展的全球性问题，面对当前金融、能源、粮食三大难题交织爆发的严峻局面，任何一个国家都无法置身其外，也难以单独应对。特别是当前国际金融动荡，已经波及许多国家，影响还会加剧，各国应当通力合作，迎接挑战。全世界的人们，包括各国的领导者，只要消除敌视、隔阂和偏见，以包容开放的胸怀坦诚相待，携手前行，人类一定会战胜各种困难，也一定会拥有一个更加光明美好的未来。中国作为一个负责的发展中大国，愿与国际社会一道，加强合作，共同分享机遇，应对挑战，为推动实现世界的和谐与可持续发展贡献力量。

　　谢谢大家！

温家宝的发言，赢得了全场热烈的掌声。

　　在这次会议上，约120个国家的元首或政府首脑出席。如何应对眼下的金融危机成为各国领导人的热论话题，美国总统布什强调本国能力，但不少领导人倾向开展国际合作。

　　布什在演讲中向各国官员保证，美国政府正紧锣密鼓地采取行动，遏制危机。他提及美国政府20日向国会提交了一项7000亿美元的金融救援计划，要求国会赋予政府广泛权力，购买金融机构不良资产，以防危机深化。布什说，他注意到其他国家正关注美国如何处理金融危机。"我可以向你们保证，政府和国会正在合作，以推动这一战略迅速获得通过。我们会抓紧时间采取行动。"

　　欧盟轮值主席国法国总统萨科齐则要求就金融危机

召开领导人峰会，吸取教训，重建一套"受到监管的资本体制"。

萨科齐说，与金融危机直接相关国家的领导人有责任"于年底前会晤，以共同审视这一自20世纪30年代以来最严重金融危机的教训"。

"让我们重建一套受到监管的资本体制，以使金融活动不单由市场经营者决断。在这一新体制下，银行将为经济发展融资，而不至于陷入投机活动。"他说。

联合国秘书长潘基文说："全球金融危机危及我们所有工作，包括资助发展、社会事业开支、旨在改善最贫困人口生活的千年发展目标。"他呼吁相关国家正视"亚洲、拉丁美洲和新兴世界的新力量中心和领导能力"，提倡"集体行动、全球领导"。

这一观点赢得了一些发展中国家领导人的赞同。

中央出台政策紧急救市

2008 年 9 月下旬，在国务院办公厅的安排下，银监会、证监会、财政部、发改委、国资委等部门的主要领导，就当前国内外的经济形势及证券市场面临的问题召开紧急会议。

就在 10 多天前的 9 月 6 日，《华夏时报》封面文章的标题正是《中国股市：爆发或者毁灭》。

文章指出，金融海啸横扫全球，A 股也难独善其身，危急时刻中央政府 9 月 18 日晚间打出了最强的"救市组合拳"，接连公布三项措施：

一、证券交易印花税改为单边征收，税率保持 1‰；

二、汇金公司增持工行、中行、建行 3 家银行的股票；

三、国资委宣布支持央企增持或回购股票。

中国证监会官员亦发表讲话，强调要维持股市稳定。

2008 年 9 月 19 日一早，沪指高开 9%，随后成交量急剧放大，千股齐封涨停，而难得一见的是指数也牢牢封死涨停。当天的盘面最简单，不用盯着看。至下午收盘时止，沪指报收 2075.06 点，涨 9.45%；深成指报收 7151.73 点，涨 8.97%；两市合计成交超过 670 亿，A 股全部涨停，创造中国股市历史纪录。

《华夏时报》的记者在采访中注意到，三大利好推出，可谓"非常时期非常之举"，遗憾的是"大小非"解决方案还未能出台，而"大小非"问题一日无解，股市还会有波折。

"大小非"里的"非"是指非流通股，即限售股，或叫限售 A 股。小即小部分。小非即小部分禁止上市流通的股票，反之叫大非。"大小非"解禁是指增加市场的流通股数，非流通股完全变成流通股。

当时，不少分析人士都判断认为，此次组合拳救市的出台时机总体迎合了市场期盼，为维持市场稳定、提振投资者信心起到了积极作用。

国信证券首席策略分析师汤小生认为："三大利好同时出台，表明在证监会持续建制治市进程中，财政部、国资委等各大部委开始携手救市。"

而证监会一位内部人士透露："政策是逼出来的！"

9 月 19 日 10 时，在申银万国证券大厅里，与去年股市红火朝天时人挤人的盛况相比，大厅门口除坐着看守自行车的大叔和织毛衣的大妈等寥寥数人外，已不见当年盛况。不过，报摊摊主乐呵呵地说，要在平日里，一天的报纸销量也就在二三十份，受到三大利好消息影响，报摊销量居然翻了一番。

10 月 8 日晚间，中国管理层"三箭齐发"的救市措施虽然突如其来，但放在金融海啸席卷全球的国际背景之下，重拳救市并不出人意料。

中国央行不是独家行动，这是全球救市大合唱的一部分。10 月 8 日，澳大利亚央行出人意料地大幅下调基准利率整整一个百分点，至 6%，创下 1992 年以来最大减息幅度。

在全球各国央行一致宣布降息的前夕，中国央行决定下调一年期人民币存贷款基准利率各 0.27 个百分点，其他期限档次存贷款基准利率亦进行相应调整。

降息的同时，央行还宣布，自 10 月 15 日起下调存款类金融机构人民币存款准备金率 0.5 个百分点。

同时，国务院还发布决定，自这一天起对储蓄存款利息所得暂免征收个人所得税。

在全球金融危机已经日益演变为全球经济危机的情况下，国家有关部门罕见地"四策齐发"，史无前例。

据可查的资料显示，对央行来说，这是自 1999 年底起，央行近 9 年来首次下调所有存款类金融机构人民币存款准备金率。同时，这也是自 2002 年 2 月起，央行 6 年来首次同时下调人民币存贷款基准利率。

央行作出的降息决定已经是央行在短短一个月内的第二次"出手"。但这次，央行出手的力度和广度和前一次相比都有了明显的变化。

此前的 9 月 15 日，央行仅仅对部分金融机构下调了存款准备金率。其时，手握银行业绝大部分资金的工、农、中、建、交五大国有银行及邮政储蓄银行的存款准备金率并未变动。

利率政策方面也一样。出于对通胀形势的担忧，9月15日，央行仅仅宣布下调一年期人民币贷款基准利率0.27个百分点，而维持了存款利率不变。

但由于当时央行的动作就已经是其4年来的首次降息动作。因此，多位专家其时接受记者采访时均表态称，央行为信贷政策"开了一道口子"，实际上说明央行已经转折性地打开了货币从宽通道。

"此次央行'三率齐降'的动作则更加明显地证明了央行真正进入了降息通道。"《中国改革》学术顾问、著名发展战略专家武建东评价说。

这或许意味着通货膨胀已彻底让位于经济增长，成为央行政策制订的首要考量目标。

武建东说，此次一系列政策并用产生的体系性作用必将产生难以估量的巨大作用。

自9月15日央行宣布"双降"后，央行已经连续3次下调一年期央票利率。尤其是在起息的一年期央票利率下降了0.973个百分点，降幅之大，远超市场预期。

除了下调各大机构的存款准备金率、下调存贷款利率以外，国务院宣布暂免征收利息所得个人所得税。而国家针对利息个人所得税的上一次调整还是在2007年的8月15日。为了减少物价指数上涨所造成的负利率局面对居民存款收益造成过大影响，政府将其适用税率由20%调减为5%。

据有关人士透露，此次罕见的"四策齐发"是国务院临时召开会议并作出的决定。

"决策层面希望能够建立起一个政策链，而不仅仅是央行一个部门在行动。"该人士称，"在当前全球降息潮的大背景下，中国抢先反应，也能够占据宏观调控的主动权。"

事实上，早在9月末，就曾有一位国有银行高层透露："有关部门的政策预案早已准备好，只等最高层拍板。"

10月4日上午，中国人民银行新闻发言人召开记者会，就美国国会通过《2008年紧急经济稳定法案》等相关问题回答记者提问。

在会上，这位发言人说：

中国政府一直密切关注美国金融危机的发展及其影响。近期，美国政府提出的《2008年紧急经济稳定法案》成为全世界关注的焦点。胡锦涛主席多次表示，中国希望美国金融市场稳定，希望美国经济健康发展，这符合美国的利益，符合中国的利益，也有利于全球经济稳定健康发展。我们高兴地看到，虽然经历了波折，美国参、众两院最终通过了该法案。我们希望这一法案能尽快得以实施并收到积极成效，以稳定美国金融市场和全球金融市场，恢复投资者信心。

这位发言人强调说：

在稳定金融市场方面，中美两国有着共同利益。中方愿与美方加强协调与配合，也希望世界各国齐心协力，克服困难，共同维护国际金融市场稳定。正如温家宝总理指出的，面对当前的危机，一是各国要加强合作，有关国家都要采取积极的应对措施，只有合力才能有力地应对危机；二是当金融和经济危机到来的时候，信心尤为重要；三是中国保持强有力的、平稳较快的经济增长态势，不出现大的起落，就是对世界经济的最大贡献。

他接着指出：面对国际国内诸多不利因素，中国政府积极应对，采取有效措施，克服了重重困难，保持了经济的平稳较快发展态势。总的看，中国经济发展的基本面没有改变，继续朝着宏观调控的预期方向发展，经济持续增长的潜力巨大。

他最后说，中国人民银行还将继续与各国中央银行和国际金融组织密切沟通与合作，共同抵御金融危机。我们完全有信心、有条件、有能力维护中国经济发展和金融稳定，为世界经济稳定发展作出贡献。

国务院出台扩大内需措施

2008 年 10 月 8 日，20 国集团财长和央行行长会议在巴西圣保罗举行。

国际货币基金组织总裁斯特劳斯·卡恩、世界银行行长佐利克，以及包括周小川和中国财政部副部长李勇在内的多国财长和央行行长出席会议。

在这次会议上，中国人民银行行长周小川对媒体发表讲话，周小川说：

> 中国央行正在密切关注国际金融市场形势，以确定下一步利率调整政策。中国将通过保持经济增长和扩大内需，来帮助稳定国际金融市场。

周小川表示，中国央行将积极与国际货币基金组织合作，帮助稳定国际金融市场。

周小川预测 2009 年中国经济增长率将大约在 8% 至 9% 之间。他强调，中国经济的稳定增长将有助于国际金融市场恢复正常。

2008 年 11 月 9 日，国务院总理温家宝主持召开国务院常务会议，研究部署进一步扩大内需促进经济平稳较快增长的措施。

在会上，大家认为，近两个月来，世界经济金融危机日趋严峻，为抵御国际经济环境对我国的不利影响，必须采取灵活审慎的宏观经济政策，以应对复杂多变的形势。当前要实行积极的财政政策和适度宽松的货币政策，出台更加有力的扩大国内需求的措施，加快民生工程、基础设施、生态环境建设和灾后重建，提高城乡居民特别是低收入群体的收入水平，促进经济平稳较快增长。

接着，会议确定了当前进一步扩大内需、促进经济增长的十项措施：

一是加快建设保障性安居工程。

二是加快农村基础设施建设。

三是加快铁路、公路和机场等重大基础设施建设。

四是加快医疗卫生、文化教育事业发展。

五是加强生态环境建设。

六是加快自主创新和结构调整。支持高技术产业化建设和产业技术进步，支持服务业发展。

七是加快地震灾区灾后重建各项工作。

八是提高城乡居民收入。

九是在全国所有地区、所有行业全面实施

增值税转型改革，鼓励企业技术改造，减轻企业负担1200亿元。

十是加大金融对经济增长的支持力度。

会议要求，扩大投资出手要快，出拳要重，措施要准，工作要实。要突出重点，认真选择，加强管理，提高质量和效益。要优先考虑已有规划的项目，加大支持力度，加快工程进度，同时抓紧启动一批新的建设项目，办成一些群众期盼、对国民经济长远发展关系重大的大事。坚持既有利于促进经济增长，又有利于推动结构调整；既有利于拉动当前经济增长，又有利于增强经济发展后劲；既有效扩大投资，又积极拉动消费。要把促进增长和深化改革更好地结合起来，在国家宏观调控下充分发挥市场对资源的配置作用；发挥中央和地方两个积极性。

会议强调：

尽管我们面临不少困难，但我国内部需求的潜力巨大，金融体系总体稳健，企业应对市场变化的意识和能力较强，世界经济调整为我国加快结构升级、引进国外先进技术和人才等带来新的机遇。只要我们及时果断采取正确的政策措施，把握机遇，应对挑战，就一定能够保持经济平稳较快发展。

10 月 17 日，温家宝主持召开国务院常务会议，分析当前经济形势，安排部署第四季度经济工作。

会议认为，2008 年以来，中国经济社会发展经受了多方面严峻考验，党中央、国务院带领全国各族人民，克服了特大自然灾害和世界经济金融形势急剧变化造成的冲击，保持了国民经济平稳较快发展和社会和谐稳定。

物价总水平涨幅得到控制，就业持续增加，粮食连续 5 年增产，调整经济结构和节能减排取得积极成效，改革开放继续深化，以改善民生为重点的社会建设进一步加强。

总的看，国际不利因素和国内严重自然灾害没有改变我国经济发展的基本态势，我国经济发展具有抵御风险的能力和强劲活力。

在会议上，有人提出：

当前国际金融市场急剧动荡，世界经济增长明显放缓，国际经济环境中不稳定因素明显增多，对我国的影响逐步显现，国内经济运行中出现了一些新情况、新问题。主要是经济增长放缓趋势明显，企业利润和财政收入增速下降，资本市场持续波动和低迷。

也有人指出：

我们既要充分估计国际环境的复杂性和严峻性，深刻认识保持我国经济平稳较快发展的重要性和艰巨性，增强忧患意识，又要正确认识我们的有利条件和积极因素，坚定信心，冷静观察，多管齐下，有效应对，努力把好的形势巩固和发展下去。

会议强调，做好当年第四季度经济工作，对于全面完成2008年的任务，为2009年的发展打下良好基础，尤为重要。要按照科学发展观的要求，采取灵活审慎的宏观经济政策，尽快出台有针对性的财税、信贷、外贸等政策措施，继续保持经济平稳较快增长。同时，推进结构调整和发展方式转变。

提高退税率帮助企业渡难关

2008 年 10 月 21 日，财政部、国家税务总局联合发出《关于提高部分商品出口退税率的通知》，适当提高纺织品、服装、玩具等劳动密集型商品出口退税率和提高抗艾滋病药物等高技术含量、高附加值商品的出口退税率。出口退税是指对出口商品已征收的国内税部分或全部退还给出口商的一种措施。

提高出口退税率，有利于国内企业在金融风暴中健康地发展，减小企业的经营压力。1994 年税制改革以来，中国出口退税政策历经 5 次大幅调整。

针对 2008 年的调整，有关专家指出，当年四季度财政刺激政策或将频频登场。据财政部介绍，此次调整一共涉及 3486 项商品，大约占海关税则中全部商品总数的 25.8%。

具体情况是：

将部分纺织品、服装、玩具出口退税率提高到 14%；将日用及艺术陶瓷出口退税率提高到 11%；

将部分塑料制品出口退税率提高到 9%；将部分家具出口退税率分别提高到 11%、13%；

将艾滋病药物、基因重组人胰岛素冻干粉、黄胶原、钢化安全玻璃、电容器用钽丝、船用锚链、缝纫机、风扇、数控机床硬质合金刀等商品的出口退税率分别提高到9%、11%、13%。

此次调整后，出口退税率为 5%、9%、11%、13%、14%和17%。

财政部税政司相关负责人指出：

这次调整，将有助于减轻出口企业面临的经营压力，对提高企业出口竞争力有积极作用。

这次调整几乎覆盖了所有纺织品服装产品，包括之前被认定为"两高一资"产品的粘胶纤维类产品。"普调"显示出国家对纺织出口形势的判断和扶持外贸的态度。

2008年，出口对纺织经济增长的拉动作用在45%左右，按照第一纺织网的综合估计，2009年纺织品服装出口总额在1675亿美元左右。

如果2009年人民币兑美元平均汇率按照6.5估算，纺织服装出口退税率上调一个百分点，将使企业获得76亿元的退税额。

不考虑其他变动因素，在企业实行25%所得税情况下，纺织全行业借此可增加约57亿元的净利润。

但是，一个百分点的上调幅度，不仅与此前纺织业内所呼吁的将出口退税率上调至17%相去甚远，也低于业内普遍预期的15%。

再次是上调纺织品、服装的出口退税率，表明保持出口稳定增长是当务之急，但力度如此有限，手段与目的显然不相匹配。

中国第一纺织网总编汪前进表示，此次仅上调一个百分点，只能说其象征意义更大于实际意义。他认为，处于生存困境中的纺织企业所迫切需要的，已不仅仅是"比黄金更贵重的信心"，而是针对性更强、力度更大的政策措施，"这种亦步亦趋的谨慎调整，具体实施效果只能是如泥牛入海了"。

2008年10月17日召开的国务院常务会议已明确提出将采取灵活审慎的宏观经济政策，尽快出台有针对性的财税、信贷、外贸等政策措施，继续保持经济平稳较快增长。而财政手段将成为短期内刺激经济最快的一种方式。

东北财经大学财税学院院长寇铁军针对国家的这种政策说：

> 基于市场失灵的情况，当前更多是要运用看得见的手段来解决经济社会问题，财政手段更加灵敏，见效快。在当前情况下，用财政手段来解决问题应该是最快且最有效的方法。

但寇铁军认为，还是应该逐渐多用金融手段，因为政府财政手段用得过多会带来很大的副作用。

作为财政政策中被视为最有力度的增值税转型改革，有报道称会于 2009 年 1 月 1 日在全国推开。

对此，东北财经大学财税学院教授吴旭东认为，全面推开的时机可能还是不够成熟，因为现在的策略是用新增增值税来抵扣，这种办法对投资的刺激作用并不是很大，同时投资过热的行业当前还不允许抵扣。全球金融危机已经触及中国实体经济，增加固定投资一直是中国经济增长的主要动力。

当时，铁道部新闻发言人王勇平表示，铁路新项目的投入，作为拉动经济增长的重要亮点，铁路部门已经做好了充分的准备。他透露，在未来一段时间，中国将有很多重大项目投入施工。

王勇平称，现在国务院批复的铁路投资额已经达到 2 万亿元。其中在建项目的投资规模超过了 1.2 万亿元。

他特别指出，这些数字只是现在确定的数字，有的比"十一五"规划的数字已经有了提高，未来随着实际情况的变化，有些数字可能还会增加。

早在 2008 年 1 到 9 月份，铁路部门共完成基础设施建设投资近 1700 亿元，比上年同期的 993 亿元增加了 71.1%。同时，铁道部正以前所未有的速度加快与地方政府的合作，加大铁路建设的力度。

据铁道部的消息透露，在 10 月中上旬，铁道部与东三省等 8 个省份签订了合作建设铁道的会议纪要或合作协议。

中共中央政策研究室副主任郑新立就曾表示，为了缓解全球信贷危机的冲击，中国正准备采取行动增加铁路投资，增加国内需求。

郑新立提到，发改委正就铁路改革的细节进行研究。郑新立还对当前正在起草的政策方案和 1997 至 1998 年亚洲金融危机后的公路建设项目进行了对比。他说，"上次我们建造公路体系来增加内需，这次我们很可能建造铁路网"。

11 月 14 日上午，国务院新闻办公室新闻发布厅举行新闻发布会。在会上，财政部副部长王军介绍了这次积极财政政策的特点。

王军表示，为了应对国际金融危机对中国的影响，我国采取了积极的财政政策和适度宽松的货币政策。

王军指出，中央积极财政政策的特点可以概括为 9 个字：

一是"思路新"。它较好地贯彻了科学发展观，有利于应对危机、化解危机，在立足于这一点的同时，又着眼于抓住机遇、创造机遇。

二是"工具多"。预算、税收、贴息、减费、增支、投资等若干工具组合起来一起使用。

三是"导向明"。

王军接着指出：

扩大内需是我们的主要着力点，同时也兼顾要促进出口，缓解出口企业的困难。为此，采取了一系列的出口退税政策。也就是实行有利于长远的发展战略，这次推进改革的一系列制度建设，可以从社会保障制度的建设和完善等方面体现出来。

中央采取的积极措施，缓解了金融风暴对国内出口型企业造成的冲击，对稳定人民币汇率发挥了重要作用。

中央宣布支持香港措施

2008 年冬季以后，中国政府宣布了 14 项挺港措施，其中包括容许内地符合条件的企业在港以人民币进行贸易支付、货币互换。

香港各界一片欢呼，认为中央此举除了是有意协助香港发展人民币离岸中心，也希望通过香港作为人民币国际化的平台和突破口。

在此期间，欧元区 15 国领导人在巴黎召开峰会，会议通过了帮助银行融资的行动计划，希望以此恢复市场信心。

随着金融危机从美国蔓延到欧洲，欧洲各国纷纷忙于救市，但其各自为战的做法在稳定市场信心方面收效不大。

10 月 4 日，法、德、英、意四国领导人在巴黎紧急召开小型峰会，达成了采取协调行动共同应对危机的共识。然而市场对此反应并不积极，欧洲主要股市过去一周在剧烈震荡中大幅下挫，经历了"黑色一周"。

为加强欧洲国家在应对金融危机方面的协调，欧盟轮值主席国法国主持召开了欧元区历史上的首次峰会，15 个成员国的领导人悉数到场。欧元集团主席容克、欧盟委员会主席巴罗佐和欧洲中央银行行长特里谢也应邀与会。

在经过近 3 个小时的磋商之后，15 国通过了协调救市措施的行动计划。该计划最主要的内容是，欧元区成员国政府将通过为银行发行债券提供担保或直接购买银行股权的形式，帮助银行拓宽融资渠道，缓解银行因信贷紧缩而面临的融资困境。欧元区成员国将在 13 日拿出各自的具体救市措施，包括动用多少资金、以何种方式帮助银行融资等。

虽然欧洲各国此前一再表达协调救市的意愿，但具体的救市方案却迟迟未能出炉。因此在 2008 年 10 月 12 日，欧元区领导人通过应对金融危机的行动计划，对市场来说无疑是一个积极的信号。

紧随这一行动计划之后，2008 年 12 月 24 日，国务院常务会议决定：在广东和长江三角洲地区与港澳地区、广西和云南与东盟的货物贸易进行人民币结算试点。

由此可见，金融危机中人民币国际化步伐异乎寻常地加快。

人民币国际化并不是新课题，这一构想的提出已逾 5 年。兴业银行首席经济学家鲁政委曾说，此项措施可以一举三得。

事实上，人民币一直在扩大对周边国家的辐射力。2008 年 12 月 4 日中国与俄罗斯就加快促进两国在贸易中改用本国货币结算进行了磋商。

12 月 12 日，中国人民银行与韩国银行签署了双边货币互换协议，两国通过本币互换，可相互提供规模为1800亿元人民币的短期流动性支持。

另外，中国已经与俄罗斯、蒙古、越南、缅甸等周边8个国家，签订了自主选择双边货币结算协议。

人民币逐步走出国门的路径也渐渐清晰：先试点后逐步成为对华贸易伙伴的国际贸易结算货币；其次，力争成为区域性的储备货币，然后慢慢实现可自由兑换。

沿着这条路径，一系列的布局已经完成。

2009年4月，中国国务院决定，从7月6日起，中国的上海市，广东省的广州、深圳、珠海、东莞5个城市开始试点跨境贸易人民币结算，涉及的贸易伙伴为东盟国家和港澳地区。

截止到当年7月10日，已开办跨境贸易人民币结算业务38笔，结算金额达5203万元。

与之前在边境口岸贸易中使用人民币结算相比，此次开展跨境贸易结算试点的城市，都是中国的对外贸易重镇，这对中国整体的进出口状况，其影响更为深远。

完整意义上的人民币国际化，是指人民币跨越国界，在境外流通，成为国际上普遍认可的计价、结算、投资及储备货币的过程。

中国商务部国际贸易经济合作研究院研究员梅新育说，人民币在这些国家的角色还不限于此，"它们的官方承认人民币为自由兑换货币和储备货币。并逐日公布人民币和本地货币的比价。根据我们国家驻外使领馆经济部门的消息，有的国家和政府，已经全面研究能否在中国发行人民币债券投资"。

中国人民大学财政金融学院副院长赵锡军先生认为，中国开展跨境贸易人民币结算，显然有规避汇率风险，保障对外贸易平稳发展的目的。

赵锡军说：

> 人民币相对来讲比美元的币值要稳定得多。选择一种币值比较稳定的来进行贸易结算，无论是对于我国的进出口企业，还是跟我们有贸易关系的其他国家和地区的进出口企业，都是有好处的，有利于这些企业规避汇率波动的风险。

中国出口规模已经跃居世界第二，中国政府的债务水平可控，人民币币值坚挺，这些都构成了人民币"出海"的推力。

6月29日，香港特别行政区行政长官曾荫权在与中国央行行长周小川和香港金融监管局局长任志刚签署《跨境贸易人民币结算试点业务合作备忘录》后，明确表态，香港作为国际金融中心之一，可以成为人民币"出海"的中转站。

他说："在香港，人民币业务的政策是很明确的，我们的长远目标是在配合国家相关政策的前提下，发展香港成为内地以外的人民币结算中心。在香港开展人民币贸易结算业务正朝着预定目标迈进，我们现在跨出了重要的一步。"

货币互换也被看成人民币国际化进程中的一步。从2008年12月起，中国央行先后同韩国、中国香港、马来西亚、白俄罗斯、印度尼西亚和阿根廷等6个国家和地区签署了总额6500亿元人民币的货币互换协议。

然而，人民币国际化也并未像有些人说的，已进入"快车道"。

到2009年6月为止，可以进行跨境人民币结算的国内城市只有5个，国内试点企业仅400家。在试点地区外注册的进出口企业，暂时也无法进行人民币结算。

从对人民币跨境贸易结算的需求来看，中国现在能决定使用什么货币，有定价权的出口企业不多。货币互换协议也仅是一种政府间的安排，而最终决定人民币结算货币前景的是市场。

国际贸易专家梅新育先生认为，只有"中国制造"不可替代并且出现了更加不可替代的"中国创造"，人民币结算才会真正成为全球贸易伙伴积极的主动选择。

他说：

由于中国已经是个制造业大国，基本上发展中国家和地区需要的商品，都可以在中国买到，而发达国家需要的大部分商品，特别是消费品，也都可以在中国买到。但是发达国家，它的需求中占重要地位的是一些先进技术装备和服务，而这些中国当前还不能提供。这一点，限制了人民币被发达国家贸易伙伴接受作为替代货币。

中国人民大学财政金融学院副院长赵锡军认为，人民币国际地位的提升只能是循序渐进的。在扩大试点范围时，应适时推出防范人民币结算风险的工具，使更多的贸易伙伴愿意接受人民币。

赵锡军说：你不能保证人民币的汇率从来就不发生变化，只要有变化，都有可能会有风险。要相应地为贸易伙伴推出提供防范汇率波动的手段，包括人民币的期货交易、远期交易等等，都要加快推出的速度。

温家宝表示要继续扩大内需

2008 年 11 月 7 日下午，中国国务院总理温家宝应约同英国首相布朗通电话，双方就当前国际金融形势交换了意见。

在谈话中，温家宝说：

中国政府已经并将继续出台进一步扩大内需的一系列措施，维护经济、金融和资本市场稳定，促进经济平稳较快发展。这是中国应对这场危机最重要、最有效的手段，也是对世界最大的贡献。

温家宝强调：

战胜这场金融危机需要全球行动，合力应对，包括推动建立公平、公正、包容、有序的国际金融体系。中国支持国际金融组织进行改革，在应对当前危机中发挥积极和建设性作用。

温家宝表示，中国愿在即将举行的 20 国集团领导人金融市场和世界经济峰会上与有关各方加强合作，使会议取得积极成果。

布朗表示，英国赞同中国政府为应对当前国际金融危机所采取的政策和措施。中国经济持续较快发展对世界有利。英国重视中国在推动国际金融体系改革、应对当前金融危机方面的重要作用，愿同中方保持沟通协调。

11月14日上午，国新办举行新闻发布会，请国家发展改革委副主任穆虹、财政部副部长王军、人民银行副行长易纲介绍扩大内需，促进经济平稳较快增长等方面的情况。

穆虹在发布会上指出：

新增1000亿中央投资主要用于加快民生工程、基础设施、生态环境建设，重点非常突出。

一是用于加快建设保障性安居工程，安排了100亿元。

二是用于加快农村民生工程和农村基础设施建设，安排了340亿元，占到了1000亿元的1/3。

三是用于加快铁路、公路、机场等重大基础设施建设，安排了250亿元。

四是用于加快医疗卫生、教育文化等社会事业建设，安排了130亿元。

五是用于加快节能减排和生态建设工程，安排了120亿元。

六是用于加快自主创新和结构调整，安排了 60 亿元。

这六方面大致可以分解为 40 个左右的分项。这些投资的安排在中央出台这项政策以后已经迅速地与各个部门和各个地方见面，很快会落实到项目上。

穆虹同时表示，新增 1000 亿中央投资要集中在 2008 年第四季度下达，投入比较集中，量比较大。这笔投资大部分可以在当年的 11 月底下达，剩下的一小部分，可以在年底全部下达。

二、亚欧首脑举行会晤

- 胡锦涛表示：面对这一全球性挑战，世界各国需加强政策协调、密切合作、共同应对。

- 胡锦涛表示：在经济全球化深入发展的大背景下，亚欧大陆的前途命运日益紧密地同整个世界的前途命运联系在一起。

- 温家宝表示：亚欧会议 12 年的历程证明，只有交流才会进步，只有互利才能合作，只有共赢才有未来。

中国领导人与各国首脑会晤

2008 年 10 月 22 日，中国国家主席胡锦涛在人民大会堂会见来华进行正式访问并出席第七届亚欧首脑会议的越南总理阮晋勇。

国务委员戴秉国参加了这次会见。

在会见中，胡锦涛表示，中越关系正处在全面发展的新阶段。中方高度重视发展对越关系，愿同越方一道努力，按照长期稳定、面向未来、睦邻友好、全面合作十六字方针，推动中越全面战略合作伙伴关系又好又快发展。

阮晋勇表示，在农德孟总书记和胡锦涛总书记就发展两国全面战略合作伙伴关系达成的共识指引下，越中关系迅速发展，经贸、投资等领域合作增长强劲。

在这之前，国务院副总理李克强在钓鱼台国宾馆会见了阮晋勇。

在会见中，李克强说：

中越两国山水相连、文化相通。进入新世纪，双方关系不断迈上新台阶。当前国际金融市场急剧动荡，世界经济增长明显放缓，给各国发展带来挑战。中国将增强宏观经济政策的灵活性和针对性，着力扩大内需特别是消费需求，继续保持经济平稳较快发展。

李克强指出，经贸合作是两国关系的重要组成部分，中国已连续 4 年成为越南最大的贸易伙伴，双方应不断加深和拓展两国经贸合作，实现互利共赢。中方高度重视发展同越南的关系，愿与越方一道，从战略和全局的高度牢牢把握两国发展的大方向，不断推进中越全面战略合作伙伴关系发展。

阮晋勇表示，深化各领域务实合作，符合两国人民的根本利益。越方愿与中方共同努力，把越中全面战略合作伙伴关系维护好、发展好。

10 月 23 日，胡锦涛在人民大会堂会见来华出席第七届亚欧首脑会议的印度尼西亚总统苏西洛。

在谈话中，胡锦涛表示，中国和印尼是友好近邻、战略伙伴，两国关系不断深入发展。中方愿同印尼方面一道，充实两国战略伙伴关系内涵，尽快就两国战略伙伴关系行动计划达成一致并做好落实工作。

胡锦涛指出：

当前，世界经济形势复杂严峻。新兴市场和发展中国家正面临着金融风险、外需疲软、通胀压力加大等不利国际环境。我们愿同印尼方加强交流合作，相互支持，共同应对当前所面临的挑战，为本地区金融稳定和经济健康发展作出贡献。

苏西洛表示，印尼希望同中国等本地区国家加强合作，落实清迈倡议，帮助受到金融危机严重影响的国家。

接着，胡锦涛会见来华出席第七届亚欧首脑会议的意大利总理贝卢斯科尼。

在会谈中，胡锦涛表示，当前中意关系发展势头良好。双方政治互信牢固，在重大国际问题上保持密切沟通和协调。

胡锦涛强调说：

> 以第七届亚欧首脑会议和第十一次中欧领导人会晤为契机，推动亚欧、中欧关系发展。两国还应同国际社会一道，防止国际金融危机的扩散和蔓延，减少其对实体经济不利影响，避免出现全球性经济衰退，探索国际金融体系改革，共同维护世界经济稳定运行和国际金融稳定。

贝卢斯科尼表示，意大利和中国都具有悠久文明史，双方应在文化领域开展更多交流。意大利重视中国在国际事务中的作用，希望同中国合作，共同防范金融危机给世界经济带来严重影响。

当天，国务院总理温家宝在人民大会堂与德国总理默克尔举行了会谈。

温家宝说：

> 面对当前的国际金融危机，加强两国互利合作具有战略意义。中国正在采取措施扩大内需，保持经济平稳较快增长，这也为双方合作提供了机遇。相信在双方的共同努力下，中德经贸关系一定能在克服困难中取得更大发展。

默克尔表示，面对全球金融危机，国际社会只有进行合作才能有效应对。他表示相信随着中国经济的不断发展，中国将对稳定世界经济、金融形势发挥越来越重要的作用。

会谈前，温家宝为默克尔访华举行欢迎仪式。九三学社中央副主席邵鸿、外交部部长杨洁篪、商务部部长陈德铭、中国驻德国大使马灿荣等出席欢迎仪式。欢迎仪式后，温家宝会见了德国著名企业家。

当天，李克强在人民大会堂会见了来华访问并出席亚欧首脑会议的新加坡总理李显龙。

李克强说，中新是友好近邻。在双方共同努力下，两国关系取得了长足发展，中新已互为本地区的重要合作伙伴。中新自由贸易协定的签署，标志着两国经贸关系进入新阶段。中国政府高度重视与新加坡的关系，愿与新方共同开拓新的合作领域和方式，相互借鉴发展经验，推动双边关系不断取得新的进展。

李克强指出，面对当前急剧变化的国际经济金融形势，国际社会应进一步加强协商对话，采取有效措施，共同促进全球金融稳定和经济健康发展。中国将努力把自己的事情办好，保持经济平稳较快发展，为维护世界经济稳定作出贡献。

李显龙高度评价中新关系，表示两国在各个领域开展了广泛深入的交流与合作。新方对新中签署自由贸易协定感到高兴，愿继续关注并参与中国的发展，不断推进两国友好互利合作。

中方领导人与各国首脑的会谈，为即将举行的亚欧首脑会议创造了良好的氛围。

亚欧会议的成立，经历了一个曲折的过程。

亚欧两大洲都是古代文明的摇篮，对人类的进步和科学文化的发展作出过巨大贡献，但长期以来联系相对薄弱。冷战结束后，随着世界多极化和经济全球化的发展，通过对话和合作，促进亚欧两大洲经济发展与社会进步日益成为亚欧国家的共同愿望。

早在1994年7月，欧盟制定了《走向亚洲新战略》，主张与亚洲进行更广泛的对话，建立一种建设性、稳定和平等的伙伴关系。在此背景下，新加坡总理吴作栋于1994年10月提出建立亚欧会议的倡议，得到了有关各方的积极响应。

1996 年 3 月 1 日至 2 日，首届亚欧首脑会议在泰国曼谷举行。来自亚、欧两大洲的 25 国和欧盟委员会的领导人参加了会议。

亚欧会议的宗旨是通过加强亚欧两大洲间的对话与合作，为两地区经济和社会发展创造有利条件，以建立亚欧新型全面伙伴关系。

首届亚欧首脑会议明确提出，亚欧合作应遵循以下原则：相互尊重、平等相待、促进基本权利、遵守国际法义务、不干涉他国内部事务；合作进程开放和循序渐进；后续行动基于协商一致；增加新成员由各成员领导人协商一致决定。

亚欧会议进程应遵循以下原则：各成员国之间对话的基础应是相互尊重、平等、促进基本权利、遵守国际法规定的义务、不干涉他国的内部事务；进程应是开放和循序渐进的，后续行动应在协商一致的基础上进行；接纳新成员应由国家元首和政府首脑协商一致决定。

亚欧会议成立以来，陆续展开了以经贸为重点的一系列后续活动，合作势头良好，反映了亚欧经济上互有所需、政治上彼此借重的战略需要，并初步形成了以首脑会议、外长会议和高官会议为核心的政策指导和协调机制。

胡锦涛在亚欧会议上讲话

2008 年 10 月 24 日，金秋的北京天高气爽，长安街两旁，亚欧会议成员的国旗和区域组织旗帜迎风飘扬。

当天下午，第七届亚欧首脑会议在人民大会堂开幕。

会议开幕前举行了欢迎仪式。中国国家主席胡锦涛、总理温家宝和与会的各国领导人在人民大会堂北大厅集体合影留念。

这是亚欧会议实现第二轮扩大后 45 个成员领导人的首次聚会。胡锦涛、吴邦国、温家宝、贾庆林、李长春、习近平、李克强、贺国强等和与会外方领导人出席这次会议。

在会议召开之前，中国外交部新闻司司长刘建超介绍称，这次亚欧会议的准备工作现在已经完全就绪了，峰会受到了国际社会的普遍关注，报道这次会议的外国记者达到了 1248 人。

同时，这次亚欧首脑会议作为在全球金融危机愈演愈烈的背景下召开的高级别盛会，也备受国际社会关注。

中国外交部长杨洁篪此前介绍称，这一届会议是在非常特殊的国际背景下召开的一次重要国际会议。

人民大会堂里灯火辉煌，气氛热烈。主席台上，整齐地排列着中国和其他 44 个亚欧会议成员的国旗和区域组织旗帜。"中国结"造型的第七届亚欧首脑会议会徽和亚欧会议会标在蓝色的背景板上显得格外醒目。

15 时 58 分，胡锦涛等中国党和国家领导人和外方领导人步入会场，全场响起热烈掌声。温家宝宣布会议开幕。

胡锦涛首先发表题为《亚欧携手，合作共赢》的重要讲话。胡锦涛说：

> 尊敬的各位贵宾，女士们，先生们，朋友们：
>
> 首先，我对第七届亚欧首脑会议的召开，表示热烈的祝贺！对各位同事和嘉宾的到来，表示诚挚的欢迎！
>
> ……
>
> 女士们、先生们！近来，由美国次贷危机引发的金融危机对国际金融市场造成严重冲击，给世界各国经济发展和人民生活带来严重影响，引起了世界各国政府和人民的忧虑。面对这一全球性挑战，世界各国需加强政策协调、密切合作、共同应对。在此关键时刻，坚定信心比什么都重要。只有坚定信心、携手努力，我们才能共同渡过难关。

胡锦涛接着指出：

> 中国赞赏和支持有关国家为应对这场金融

危机采取的积极措施，希望这些措施尽快取得成效。中国在力所能及的范围内为应对这场金融危机做出了积极努力，采取了一系列重大举措，包括确保国内金融体系稳定、增加金融市场和金融机构的流动性、密切同其他国家宏观经济政策的协调和配合等。中国将继续本着负责任的态度，同国际社会一道努力维护国际金融稳定和经济稳定。

胡锦涛说：

今年以来，中国积极应对国际经济环境复杂变化和自然界严峻挑战，经济保持较快增长，金融业稳健运行，经济发展的基本态势没有改变。同时，全球金融危机使中国经济发展面临的不确定不稳定因素明显增多，中国经济发展面临诸多困难和挑战。中国是一个拥有13亿人口的发展中国家，中国经济同世界经济的联系日益紧密，中国经济保持良好发展势头本身就是对全球金融市场稳定和世界经济发展的重要贡献。为此，我们首先要把国内的事情办好。将根据国内外经济形势变化，加强宏观调控的预见性、针对性、有效性，及时调整政策，着力扩大国内需求特别是消费需求，保持经济稳定、金融稳定、资本市场稳定，继续推动经济社会又好又快发展。

胡锦涛强调：

在经济全球化深入发展的大背景下，亚欧大陆的前途命运日益紧密地同整个世界的前途命运联系在一起。亚欧携手、合作共赢是我们最好的选择。这届亚欧首脑会议以对话合作、互利共赢为主题，完全切合当前亚欧关系发展形势的要求。

胡锦涛最后说：

女士们、先生们：

我们的先辈曾经开拓出古"丝绸之路"，在亚欧关系史上写下了辉煌的一页。今天，我们更应该以超越前人的远见卓识，开创亚欧合作新局面，造福亚欧各国人民。让我们携起手来，为共创亚欧新型伙伴关系，推动建设持久和平、共同繁荣的和谐世界而不懈努力。

最后，我衷心祝愿第七届亚欧首脑会议圆满成功。

谢谢大家！

胡锦涛的讲话结束后，会场响起热烈的掌声。

第六届亚欧首脑会议东道国、亚欧首脑会议协调员芬兰总统哈洛宁，以及其他3位协调员欧盟委员会主席巴罗佐、文莱苏丹哈桑纳尔、法国总统萨科齐先后致辞。

他们高度评价中国致力于亚欧合作，感谢中国为举办第七届亚欧首脑会议做出的精心安排。

这次亚欧首脑会议的首要议题是，国际经济和金融形势。当时，世界性金融危机愈演愈烈，加强区域性和全球性的经济合作，便成为各个国家的当务之急。

美国的过度消费和亚洲新兴市场经济国家的过度储蓄是这次危机爆发的深层原因。长期以来美国国内储蓄一直处于低位，对外经济表现为长期贸易逆差，平均每年逆差占生产总值总额的比率达到6%的水平，且这些逆差主要靠印刷美元"埋单"。

而中国、日本等亚洲国家和石油生产国居民则是储蓄过度，长期贸易顺差，积累起大量的美元储备。这些美国经济体外的美元储备需要寻找对应的金融资产来投资，这就为华尔街金融衍生品创造、美国本土资产价格的泡沫化提供了基础。

21世纪初期，美国房地产投资异军突起，这应该算是实体经济的一部分，但是这些房地产的销售对象主要是美国中下收入阶层。在美国制造业转移的情况下，中下阶层的收入难以提高，在金融资产泡沫推动下的房地产价格的不断上升，最终把他们逼到破产的地步，引发了世界性债务危机。

因此，这次金融危机的本质是"次贷"引发的金融危机，而金融衍生产品的创新只是放大了"次贷"危机，将美国"次贷"危机演变成全球性金融风暴。

在10月24日举行亚欧首脑会议之前，中国外交部发言人秦刚23日在例行记者会上也表示，此次亚欧首脑会议期间，发达国家和发展中国家的领导人将就国际经济、金融形势广泛交换意见。

秦刚说，这次亚欧会议是在当前国际金融危机不断恶化和蔓延的背景下召开的。在这场金融危机或者叫"金融海啸"之中，任何国家都不能置身其外，独善其身，所以需要国际社会加强合作，共同探讨因应之策。

中方作为东道主，在这方面也做出了相应安排。中方希望亚欧各国领导人能够利用这一场合充分交换意见，就如何加强协调合作，共同应对危机进行探讨并取得积极成果。

参加这次亚欧首脑会议的有许多是发展中国家，他们在国际金融危机中所遭受的风险和面临的困难也值得国际社会，特别是发达国家予以高度重视。中国希望国际社会在应对这场危机的过程中，充分考虑到发展中国家的关切和利益，维护发展中国家的经济和金融稳定。

温家宝提出四点重要意见

2008 年 10 月 24 日，北京花团锦簇。当天下午，第七届亚欧首脑会议在北京人民大会堂隆重开幕。

出席开幕式的亚欧国家领导人和代表有文莱苏丹哈桑纳尔、法国总统萨科齐、欧盟委员会主席巴罗佐、保加利亚总统珀尔瓦诺夫、塞浦路斯总统赫里斯托菲亚斯、芬兰总统哈洛宁、印度尼西亚总统苏西洛、韩国总统李明博、蒙古国总统恩赫巴亚尔、菲律宾总统阿罗约、斯洛文尼亚总统图尔克、奥地利总理古森鲍尔、比利时首相莱特姆、柬埔寨首相洪森、丹麦首相拉斯穆森、爱沙尼亚总理安西普、德国总理默克尔、印度总理辛格、爱尔兰总理考恩、意大利总理贝卢斯科尼、日本首相麻生太郎、老挝总理波松、拉脱维亚总理戈德马尼斯、卢森堡首相容克、马来西亚总理巴达维、马耳他总理贡齐、荷兰首相巴尔克嫩德、巴基斯坦总理吉拉尼、波兰总理图斯克、新加坡总理李显龙等人。

中国党和国家领导人吴邦国、贾庆林、李长春、习近平、李克强、贺国强、王岐山、回良玉、刘延东、张德江、王沪宁、马凯、孟建柱、戴秉国等出席开幕式。

开会之前，温家宝在人民大会堂北大厅迎候外方领导人，与他们一一亲切握手，互致问候。

在会上，温家宝发表题为《同舟共济，互利共赢》的讲话。他在讲话中精辟地分析了当时的金融形势，提出了四点重要的意见。

温家宝在主持开幕式时对亚欧会议成员领导人聚首北京表示热烈欢迎，温家宝首先指出：

各位同事：

今天，亚欧会议成员领导人聚首北京，共商亚欧对话合作、互利共赢大计。我代表中国政府，向大家表示热烈欢迎和诚挚的问候！

当前，国际金融危机不断蔓延加剧，对世界经济增长和稳定造成严重冲击。能源、粮食、环境、自然灾害、贫困等全球性问题更加突出并且相互交织，人类发展面临严峻挑战。本次会议以"对话合作，互利共赢"为主题，反映了亚欧会议成员加强合作、实现共同发展的强烈政治意愿，具有重要的现实意义。我们将重点讨论如何应对国际金融危机，并就国际和地区形势以及粮食安全、救灾合作、可持续发展和文明对话等议题坦诚、务实、深入地交换意见，凝聚共识，开拓进取，为推动亚欧合作进程，促进世界和谐与可持续发展作出贡献。

温家宝认为，这场金融危机是历史上罕见的，有关国家和组织已纷纷采取措施，他希望能够尽快取得成效。

温家宝指出，全面化解和战胜危机还需要全球行动、合力应对。亚欧国家是维护国际金融稳定和促进世界经济增长的重要力量。为此，温家宝提出以下意见：

第一，各国首先要把自己的事情办好。在危机面前，领导者要从人民的根本和长远利益出发，坚定、果断、负责、及时地作出决策，通过必要的财政、货币、监管等手段，尽快恢复市场信心，保持经济增长。同时还要妥善引导舆论，维护社会稳定。

第二，加强政府间的协调与配合。各国财政部门、央行和金融监管机构应密切跟踪、研究危机发展趋势和影响，扩大信息交流，并在宏观经济政策协调和国际金融监管方面采取有效措施，提高共同防范风险的能力。

第三，促进区域财金对话与合作。欧元区已就应对金融危机达成基本原则……

第四，推动改革国际货币金融体系。这场危机充分暴露了现行国际金融体系和治理结构的缺陷。国际社会纷纷要求加快改革步伐，建立公平、公正、有效的国际金融体系。我认为，一要增加发展中国家在国际金融组织中的发言权和代表性，二要扩大国际金融体系监管的覆盖面，特别要增强对主要储备货币国的监督，三要建立合理的全球金融救助机制。

温家宝说：

我们要认真吸取金融危机的教训，处理好三个关系：一是金融创新与金融监管的关系。要根据需要和可能，稳步推进金融创新，同时加强金融监管。二是虚拟经济与实体经济的关系。要始终重视实体经济的发展，使经济建立在坚实可靠的基础上。虚拟经济要与实体经济相协调，更好地为实体经济服务。三是储蓄与消费的关系，要使消费与储蓄相协调。

温家宝接着说：

当前，中国经济基本面是好的，国际金融危机对中国金融和经济造成一定的影响，但这种影响是有限的、可控的，中国政府将采取灵活、审慎的宏观经济政策，坚决维护经济稳定、金融稳定和资本市场稳定，促进经济平稳较快增长。

温家宝说，他对此抱有信心。这就是中国应对这场危机最重要、最有效的手段，也是对世界最大的贡献。

最后，温家宝提高声调说：

> 同事们：亚欧会议 12 年的历程证明，只有交流才会进步，只有互利才能合作，只有共赢才有未来。回首过去，成就令人鼓舞。面向未来，任重而道远。让我们坚定对话合作、互利共赢的信念，同舟共济，并肩努力，谱写亚欧合作更加壮丽的新篇章！

> 谢谢大家！

温家宝的讲话，受到与会者的热烈欢迎。

接下来，各国领导人分别发表了富有建设性的讲话。

亚欧会议发表金融形势声明

2009 年 10 月 24 日，第七届亚欧首脑会议在北京召开。不期而至的金融危机改变了于当年 24 日召开的亚欧首脑会议的原有议题顺序，金融问题成为会议不可回避的话题。

中国作为此次首脑会议东道国，及时调整了议题，将国际经济和金融形势列为首脑会议首要议题，还主动加强与各成员的协调，推动亚欧合作应对危机。

经贸合作是亚欧会议的三大支柱之一。早在 1998 年，亚欧会议成员就曾创造过金融合作的成功范例。那是 1997 年，亚洲遭受金融危机，次年在英国伦敦举行的第二届亚欧首脑会议重点讨论了应对危机的对策，并决定设立亚欧信托基金，帮助亚洲国家恢复金融稳定并消除危机对社会的影响。

但是 2008 年到 2009 年发生的金融危机的范围和影响远远超过 1997 年，而且金融问题也并非亚欧会议的"专长"。

作为一个松散的论坛性组织，亚欧会议最终通过的文件也并不具有约束力。此外，亚欧会议成员既有发达国家也有发展中国家，在应对金融危机问题上的考虑各不相同，因此很难达成一致。

有鉴于此，中国前亚欧会议高官丁原洪认为，期待通过这次亚欧会议拿出根治金融危机的药方是不现实的。"在金融危机当事人——美国不在场的情况下,任何方案都不可能具有实效性。"

同时,丁原洪指出,一如亚欧会议一贯倡导的,会议本身就是为亚洲和欧洲的对话和交流创造一个平台,"亚欧国家可以通过这次会议,共同探讨危机的根源,沟通想法,集思才能广益"。

在 10 月 24 日的会议结束后,大会发表了《第七届亚欧首脑会议关于国际金融形势的声明》,充分体现出亚欧会议"集思才能广益"的会谈精神。

"声明"指出:

> 领导人深入讨论了当前国际经济金融形势和发展趋势,关注不断蔓延的国际金融危机对世界经济的影响,特别是给亚欧国家金融稳定和经济发展带来的严重挑战。
>
> 领导人认为,各国政府应体现远见和魄力,坚定、果断、负责、及时地采取有效措施,妥善应对当前金融危机的挑战。领导人对通过共同努力克服危机充满信心。
>
> 领导人欢迎有关国家和组织为确保金融体系和实体经济的顺利运作所采取的一系列措施,呼吁国际社会继续加强协调合作,综合运用有效可行的经济和金融手段,恢复市场信心,稳

定全球金融市场，促进全球经济增长。

　　领导人同意国际货币基金组织在向遭受危机严重影响国家提供帮助方面应发挥关键作用。

　　领导人认为，解决金融危机，要处理好金融创新与金融监管的关系，维持稳健的宏观经济政策。他们认识到有必要加强对所有金融从业机构的监督和规范，特别是加强对其问责。

领导人决心对国际货币与金融体系进行有效和全面的改革，将与所有利益攸关方和国际金融机构进行协商，尽快提出适当的倡议。"声明"最后指出：

　　领导人同意充分利用亚欧会议等区域合作机制，加强在金融领域的信息沟通、政策交流和监督管理等务实合作，有效监测、防范、应对金融风险，实现经济持续、稳定、健康增长。

"声明"的发表，表明了亚欧国家携手迎战金融风暴的坚强决心。

温家宝在亚欧会议上致辞

2008 年 10 月 25 日，第七届亚欧首脑会议举行第二次、第三次和第四次全体会议，分别讨论了粮食安全、救灾合作、可持续发展和加强不同文明对话问题。

在工作午餐上，与会领导人还讨论了国际和地区形势问题。温家宝总理主持了上述活动。

中国作为会议东道主发表了《主席声明》，反映会议在各个议题上的共识。"声明"指出：

领导人讨论了当前国际经济金融形势，认为当前国际金融危机已对世界金融体系乃至整个世界经济产生严重影响，国际社会应加强合作，共同应对金融危机。为表明亚欧国家应对国际金融危机的信心和决心，领导人一致同意发表《关于国际金融形势的声明》。

领导人重申致力于加强经济和发展的合作与协调，提高应对各种风险和挑战的能力，努力推动经济全球化朝公平、均衡、普惠、共赢的方向发展。领导人关注最不发达国家的发展，强调减免债务及债务可持续性的重要意义。

"声明"强调指出：

领导人认为，每个国家对自身发展负有主要责任，强调国家发展需要一个有利的国际经济环境支持。他们呼吁各国积极落实包括千年发展目标在内的国际商定的发展目标。领导人强调致力于通过增加官方发展援助、免债及创新融资机制增加额外的发展资金，以推动千年发展目标的实现。

当天下午，为期两天的第七届亚欧首脑会议在人民大会堂隆重闭幕，与会的 45 个亚欧会议成员的国家元首、政府首脑、地区组织领导人和代表出席闭幕式。中国国务院总理温家宝主持闭幕式。

在闭幕式上，温家宝发表讲话。他说：

第七届亚欧首脑会议达到了预期的目的，取得了圆满成功。会议通过了《第七届亚欧首脑会议关于国际金融形势的声明》，提出了应对金融危机的对策和倡议；重申加强多边主义，维护以联合国为主体的多边体系，通过和平对话与友好协商解决分歧与争端……会议通过了经济、社会、文化和可持续发展领域的多项合作倡议，再次展示和印证了亚欧会议加强对话

亚欧首脑举行会晤

的内在动力和拓展合作的巨大潜力。

温家宝表示，亚欧会议迄今已走过了 12 年的历程。回首往事，我们为取得的成绩和进步感到骄傲、自豪。面对挑战，我们感到肩上的担子十分沉重。作为国际社会重要成员，亚洲和欧洲承载着促进人类福祉的重任。我们面前的路还很长，任务还很艰巨。但是，任何困难和障碍都不能阻挡我们加强合作、追求共赢的坚定信念。

温家宝说：

我们深信，只有交流才会进步，只有互利才能合作，只有共赢才有未来。让我们继往开来、开拓前进，共同谱写亚欧合作的美好篇章。

下届会议东道国比利时首相莱特姆在致辞中代表亚欧首脑会议各成员国对中方的出色组织工作表示感谢。他说，此次会议就应对全球经济金融动荡进行了深入探讨，达成了许多共识，提出了许多具体务实的建议。

莱特姆认为，欧亚双方应当取长补短，形成合力，提升合作水平，拓展合作领域，共同搭建欧亚合作桥梁。为了世界和人类大家庭的未来，为了欧亚人民生活得更加幸福而共同努力。

这次亚欧首脑会议关于国际金融形势的声明提出了解决金融危机的三大信号，即各国应力保自身经济发展和金融体系稳定、处理好金融创新与金融监管关系、全面改革国际货币与金融体系。

出席亚欧首脑会议的各成员领导人在联合声明中呼吁，各国应采取负责任和稳健的货币、财政和金融监管政策，提高透明度和包容性，加强监管，完善危机处置机制，保持自身经济发展和金融市场稳定。各领导人承诺为保持金融体系稳定采取必要及时的措施。

一些国外媒体和专家认为，亚欧会议各成员领导人在峰会上就应对当前金融危机达成共识，显示了亚欧构建新金融秩序的决心。

法新社 25 日发表综述性文章说，亚洲和欧洲在亚欧首脑会议上共同呼吁改革国际金融体系，应对波及全世界的金融和经济危机。文章援引中国国务院总理温家宝的话说，世界需要金融创新来为经济服务，但更需要加强金融监管，保证金融安全。文章还说，与会各国领导人决定对国际金融与货币体系进行"真正的""实质性"的改革。

美联社的报道说，亚欧领导人 25 日宣布，他们已就如何应对全球金融危机达成了广泛共识，并将在下月于华盛顿举行的国际金融峰会上提出他们的观点。亚欧领导人还呼吁制定引导全球经济发展的新规则。报道指出，以论坛形式举行的亚欧会议通常不作出决策，但亚欧领导人在北京峰会上发表声明反映了全球市场的这场危机对各国态度影响的程度。

共同社评论说，亚欧首脑会议在全球发生金融危机的形势下召开，各方在会议上展示了协调姿态，罕见地突显了亚欧合作的影响力，为各方在 11 月举行的华盛顿金融峰会上要求美国采取积极措施应对危机打下了牢固的基础。

新加坡《联合早报》网站 25 日报道说，这次亚欧首脑会议规模空前，与会各领导人达成共识，向全世界传递出各国携手合作、共同应对金融危机的决心，对于金融危机的处理以及未来金融秩序的重整，将会产生重要而深远的影响。

报道认为，中国作为此次首脑会议的东道国，及时将国际经济和金融形势列为首要议题，还主动加强与各成员的协调，推动亚欧合作应对危机，显示出中国在当前危机下，正扮演着越来越重要的角色。

日本东京财团政策研究部专家关山健 26 日在接受新华社记者专访时说，本届亚欧首脑会议就众多问题进行了讨论，但会议最重要的议题是如何应对目前的全球性金融危机和世界经济滑坡。亚欧领导人在会议上发出强烈信号，表示要团结一致，共同应对金融危机，这是本次峰会取得的最大成果，对缓解金融机构和投资者的担忧将起到很大的作用。

关山健说，中国作为本届亚欧首脑会议的东道国，非常重视金融问题。通过此次会议将亚欧国家团结起来应对金融危机，这本身就具有十分重要的意义，对 11 月将举行的金融峰会发出了积极的信号。

第七届亚欧会议圆满结束

2008 年 10 月的北京摆出"外交盛宴"。25 日下午，第七届亚欧首脑会议在北京落下帷幕，45 个亚欧会议成员领导人和代表济济一堂，见证这次胜利的大会。

这次会议共同推出了 3 项成果文件、17 项合作倡议。

在国际金融危机爆发的背景下，亚欧两大洲对话，备受瞩目。51 个国家的 1870 多名记者来到会场内外，共同见证在本次会议"对话合作，互利共赢"的主旨下，与会各方就一系列重大紧迫问题以及深化亚欧区域合作达成重要共识。

国际金融问题，是本届会议最关切的问题。呼吁坚定信心，成为会议的第一声音。

会议通过的第一个成果文件，就是《关于国际金融形势的声明》。各方一致同意，坚定、果断、负责、及时地采取有效措施，综合运用有效可行的经济和金融手段，妥善应对危机，恢复市场信心，稳定全球金融市场。各方对即将举行的国际金融峰会表示支持。

会场内外，无论是与会领导人，还是来自各国的各界人士，都纷纷表示了对本次会议"金融抉择"的关切。

中国作为本届会议的东道主，受到与会各方和国际媒体人士的广泛赞誉。

"本届亚欧首脑会议的成功举行，使成功举办北京奥运会的中国，又一次赢得了世界的敬重，又一次向世界展示了中国的活力。"欧盟委员会主席巴罗佐向中国领导人由衷地说。

曾于当年6月来华出席亚欧会议高官会的约安·敦卡告诉本报记者，他本人见证了3个成果文件的起草、讨论、修改和通过的全过程。在文件诞生的过程中，各方在不同问题上曾存在着一些分歧，但各方最终克服了这些分歧，使文件充分反映了各方的关切和共识。中国在其中发挥了非常重要的协调作用，为成果文件的最终达成作出了突出贡献。

印度驻华使馆三秘萨笛斯·塞万说：

中国刚刚举办了一届精彩的奥运会，因此我们事先都相信中国一定有能力把这届亚欧首脑会议办好。事实证明我们的预想是完全正确的，此次首脑会议组织得同样十分精彩。

一家欧洲媒体评价说：

中国作为东道主，为会议的成功和推动各方合作作出了巨大贡献。中国领导人、民众和各界都为会议的成功发挥了重要作用。

欧洲国家领导人纷纷表示，虽然亚洲经济总体上尚好，但要保持警惕，加强合作，共同应对金融危机可能带来的负面影响。

日本首相麻生太郎在会外的媒体吹风会上具体阐述了日本关于应对金融危机的主张。他说，当前的金融危机是 20 世纪 20 年代以来"百年不遇"的大事。金融问题主要是金融结算系统的问题，要注意发挥七国集团、国际组织和亚洲合作的作用。

罗马尼亚无任所大使约安·敦卡说，这是一次在关键时刻召开的关键会议。在当前的国际金融动荡中，几乎没有哪个国家能够独善其身，要想让世界各国早日走出危机，各国的领导人，特别是那些在全球事务中起着关键作用的国家的领导人，就必须坐下来认真研究，采取切实有效的应对措施。他指出：

随着中国、印度等新兴经济体的重要性日益增强，世界事务已经越来越无法由原先的几个大国来决定了，亚欧首脑会议让两大洲 40 多个成员的领导人会聚一堂，为他们商讨带领全世界走出危机的正确途径提供了难得的机会。同时，亚欧首脑会议的成功举行让人们看到各国领导人有意愿采取协调一致的行动，这本身就给全世界带来了信心。

韩国驻华大使馆新闻官朴炯一评价说，本届亚欧首脑会议能为下一步国际金融峰会"预热"。

值得关注的是，在亚欧会议合作框架下，亚欧财长会议自 1997 年以来一直定期举行。当年 6 月的亚欧财长会议就决定加强各成员在金融领域的合作与协调。本届亚欧首脑会议将金融问题作为首要议题，无疑再度给世界带来了积极的信息。

亚欧首脑会议的影响力也波及了非洲地区。就在首脑会议结束几小时后，南非著名的"新闻 24 集团"就在其网站的国际新闻栏目头条登载了对温家宝总理在记者招待会上致辞的解读。

文章说，温总理告诉在场的新闻记者，信心、合作与责任是解决金融问题的关键，我们需要金融创新，但更需要金融监管。

法国媒体在报道东盟与中日韩领导人早餐会时评价说，亚洲国家也表现出了要与欧洲共同努力应对国际金融危机的意愿。英国路透社也认为，"面对世界金融危机亚洲组织起来了"。

巴罗佐在此次会议后表示，亚欧双方达成的共识将推动华盛顿金融峰会作出具体而重要的决定。就此法国《费加罗报》评论说，"通向华盛顿的路必须经过北京"。

对中国来说，这次会议更具有特殊的意义。中国本着务实开放、寻求共识的精神，精心筹办此次会议，得到了与会各成员国的认可。

借助亚欧会议这一多边外交舞台，中国宣示了坚持和平发展、坚持改革开放、坚持独立自主的和平外交政策的坚定决心，进一步增进了各国对中国的了解。而中国领导人同外方领导人举行了 40 多场双边会谈、会见，极富成效，加强了中国与亚洲邻国及欧洲各国的关系。

这届亚欧会议所取得的成果表明，亚欧会议作为联系亚欧两大洲的纽带，其重要性和意义在新的形势下正日益突显。亚欧间的相互需求是亚欧会议深化发展的动力。在欧洲看来，亚洲在世界政治经济格局的变化中正扮演着重要角色，本次席卷全球的金融危机再次证明了这一点。

欧美单凭自身力量无法主导全球经济秩序，必须依靠亚洲国家的理解与合作。同样，亚洲国家在可持续发展上也需要得到欧洲的帮助。

欧洲在气候变化、多边主义及推进国际金融秩序改革等问题上与亚洲国家有着更为接近的看法，亚欧合作更有利于双方在国际社会推广自己的政策主张。

经过多年发展，亚欧会议已促进各方在政治、经济和社会等各领域不断加深理解，成为亚欧会议未来发展的强大动力。可以说，本届亚欧会议是一次承前启后的会议，亚欧会议由此将进入一个新的发展时期。

10 月 30 日，长期从事中欧经贸关系研究的欧盟专家邓肯·弗里曼说，在国际金融危机严重的背景下召开的亚欧首脑会议突显了中国的重要性。

布鲁塞尔自由大学当代中国研究所资深研究员弗里曼当天在接受新华社记者采访时说：

> 前不久在中国北京召开的亚欧首脑会议上，
> 殃及全球的金融危机成为与会领导人关注的焦
> 点，外界对中国寄予了厚望。

从会后发表的关于国际金融形势的声明来看，亚欧领导人表达了共同努力克服危机的意愿，而当务之急则是各国应力保自身经济发展和金融市场稳定。弗里曼评论说，这是基于当前现状所能做出的最好选择。即便是在欧盟，联合应对金融危机尚且困难，全球联手更是难上加难。虽然此前曾有一些多国协调行动的成功范例，但随机性很大，从根本上来说，各国主要还是应依靠自己来解决自身的问题。

弗里曼认为，在全球经济形势因受金融危机冲击而急剧恶化时，如果中国作为最大的新兴经济体仍能保持自身的经济活力，那么对于全球经济稳定和增长无疑是重要的贡献。

第七届亚欧首脑会议圆满结束了，国际关注的目光转向了后续行动。人们期待着有力的"下一步"，关键是要把共识和倡议变为实际行动。

三、 推动国际金融合作

● 胡锦涛表示：这场金融危机发生后，国际社会立即行动起来，在不同层面采取了一系列应对措施。"

● 胡锦涛最后表示：各位同事！国际金融市场稳定、世界经济持续发展是关系世界各国和各国人民福祉的大事。"

● 温家宝表示：中方希望同欧方一道，以实际行动反对任何形式的贸易和投资保护主义。

胡锦涛在二十国峰会上讲话

2008 年 11 月 15 日，二十国集团领导人金融市场和世界经济峰会在美国首都华盛顿举行。中国的一举一动备受各国瞩目。

二十国集团成立于 1999 年，成员有中国、阿根廷、澳大利亚、巴西、加拿大、法国、德国、印度、印度尼西亚、意大利、日本、韩国、墨西哥、俄罗斯、沙特阿拉伯、南非、土耳其、英国、美国和欧盟。

1997 年亚洲金融危机的爆发使国际社会认识到，国际金融问题的解决除西方发达国家外，还需要有影响的发展中国家参与。

1999 年 9 月，西方七国集团财政部长和中央银行行长在华盛顿发表声明表示，同意建立由主要发达国家和新兴市场经济国家组成的二十国集团就改革国际金融问题进行磋商。

1999 年 9 月 25 日，八国集团的财长在华盛顿宣布成立二十国集团。这个国际论坛是由欧盟、布雷顿森林机构和来自 19 个国家的财长和中央银行行长组成。

除二十国集团成员领导人外，联合国、世界银行、国际货币基金组织以及金融稳定论坛等国际机构负责人也应邀出席这次峰会。

这次峰会在美国国家建筑博物馆召开。会议分为两个阶段举行，主要议题包括：评估国际社会在应对当前金融危机方面取得的进展，讨论金融危机产生的原因，共商促进全球经济发展的举措，探讨加强国际金融领域监管规范、推进国际金融体系改革等问题。

当地时间 8 时许，中国国家主席胡锦涛同出席会议的其他成员领导人陆续抵达国家建筑博物馆，美国总统布什在此迎接。会议开始前，与会领导人集体合影。

9 时 20 分，会议开始，布什主持会议，各国领导人围绕议题发言。

胡锦涛在会上发表了题为《通力合作，共度时艰》的重要讲话。胡锦涛说：

尊敬的布什总统，各位同事：

很高兴在华盛顿同各位同事见面。首先，我要感谢布什总统的盛情邀请和周到安排。

当前，国际金融危机已从局部发展到全球，从发达国家传导到新兴市场国家，从金融领域扩散到实体经济领域，给世界各国经济发展和人民生活带来严重影响。值此关键时刻，我们在这里共同探讨维护国际金融稳定、促进世界经济增长的举措，具有十分重要的意义。

我们正在经历的这场国际金融危机，波及范围之广、影响程度之深、冲击强度之大，为上个世纪30年代以来所罕见。造成这场金融危机的原因是多方面的，既有经济体宏观经济政策不当的原因，也有金融监管缺失的原因。对此如果没有正确认识，就难以吸取教训、避免今后发生同样的危机。这场金融危机发生后，国际社会立即行动起来，在不同层面采取了一系列应对措施。我们希望这些措施尽快取得预期效果。为了有效应对这场金融危机，世界各国应该增强信心、加强协调、密切合作。

胡锦涛指出：国际社会的当务之急是继续采取一切必要措施，尽快恢复市场信心，遏制金融危机扩散和蔓延。主要发达经济体应该承担应尽的责任和义务，实施有利于本国和世界经济金融稳定和发展的宏观经济政策，积极稳定自身和国际金融市场，维护投资者利益。同时，各国应该加强宏观经济政策协调，扩大经济金融信息交流，深化国际金融监管合作，为稳定各国和国际金融市场创造必要条件。

胡锦涛强调：

　　各国应该调整宏观经济政策，通过必要的财政、货币手段，积极促进经济增长，避免发生全球性经济衰退。应该共同采取措施稳定国际能源、粮食市场，遏制投机行为，为世界经济发展创造良好条件。国际社会尤其应该防止各种形式的贸易和投资保护主义，努力推动多哈回合谈判早日取得积极进展。

胡锦涛接着提出四项改革举措，他表示：

　　一是加强国际金融监管合作，完善国际监管体系，建立评级机构行为准则……

　　二是推动国际金融组织改革，改革国际金融组织决策层产生机制，提高发展中国家在国际金融组织中的代表性和发言权……

　　三是鼓励区域金融合作，增强流动性互助能力，加强区域金融基础设施建设，充分发挥地区资金救助机制作用。

　　四是改善国际货币体系，稳步推进国际货币体系多元化，共同支撑国际货币体系稳定。

胡锦涛再次申明中国的一贯立场，他指出：作为国际社会负责任的成员，中国一直积极参与应对金融危机的国际合作，为维护国际金融稳定、促进世界经济发展发挥了积极作用。中国愿继续本着负责任的态度，参与维护国际金融稳定、促进世界经济发展的国际合作，支持国际金融组织根据国际金融市场变化增加融资能力，加大对受这场金融危机影响的发展中国家的支持。我们愿积极参与世界银行国际金融公司贸易融资计划。

胡锦涛最后指出：

各位同事！

国际金融市场稳定、世界经济持续发展是关系世界各国和各国人民福祉的大事。让我们共同努力，通力合作、共度时艰，为维护国际金融稳定、促进世界经济发展作出自己应有的贡献！

谢谢各位。

胡锦涛的讲话受到了大家热烈的欢迎。

其他领导人在发言中也对金融危机产生的原因、促进全球经济发展、加强国际金融领域监管、推进国际金融体系改革等问题发表了意见。

峰会发表应对金融危机宣言

2008 年 11 月 15 日，二十国集团领导人金融市场和世界经济峰会在华盛顿举行。

据美国《纽约时报》13 日报道，尽管华盛顿金融峰会由法国总统萨科齐提议召开，美国总统布什同意承办，但在这次被称为"第二次布雷顿森林会议"的峰会上，最吃香的国家是中国。

中国有两万亿美元外汇储备，其经济尽管略有衰退但仍在增长。中国是这次与会国家中，少数的能给其他国家帮助的与会国之一。

英国、法国和德国希望此次会议能产生真正的成果，转化为"行动方案"，并在接下来几个月内召开后续会议。但中国的立场还是个谜，其他新兴经济体也没有表明自己的立场。

尽管如此，专家表示，此次峰会是各国承诺协同努力，刺激全球经济的最好机会。在此次峰会举行的前一个周末，中国就已经宣布 5860 亿美元的刺激经济方案。

美国彼得森国际经济研究所中国问题专家拉迪称，中国的这一举措使胡锦涛主席以一种非常强有力的地位参加会议。

这次峰会对国际社会在应对当前金融危机方面取得

的进展进行了评估，对金融危机产生的原因和促进全球经济发展的举措，并就加强国际金融领域监管规范和推进国际金融体系改革等问题进行了探讨。

会议结束时发表了支持全球经济稳定和积极应对金融危机的宣言。"宣言"指出：

> 面对全球经济恶化形势，我们同意在紧密的宏观经济合作基础上采取广泛而必要的应对政策，以恢复经济增长，避免消极后果，支持新兴市场经济体的发展。作为实现这些目标和应对长期挑战而立即采取的措施，我们将继续加强努力并且实施任何必要的更进一步的行动，以稳定金融体系。
>
> ……
>
> 在保持有助于金融可持续性发展政策架构同时，利用财政措施刺激国内需求。帮助新兴市场和发展中国家经济体在当前金融困难时期获得资金支持，其中包括流动性能力和项目支持。我们强调国际货币基金组织（IMF）在应对危机方面的重要作用，欢迎它的短期流动性支持，推进正在进行的对其设施和支持的评审，以确保灵活性。

"宣言"还指出，除采取上述措施以外，我们将实施改革。这些改革将加强金融市场和监管体系，以避免危机再次发生。

"宣言"指出，与会国家承诺执行与以下改革共同原则相关的政策：

增强透明性和责任性。

增强有效管理。

促进金融市场诚信。

加强国际合作。

改革国际金融机构。

"宣言"指出：

我们强调，在金融不稳定时期反对保护主义至关重要。未来12个月，我们将反对抬高投资或货物及服务贸易新壁垒，反对设置出口新限定或实施有违世界贸易组织规定的措施来刺激出口。另外，我们将努力在今年达成协议，使得世界贸易组织多哈发展议程有一个圆满结果。我们将指示我们的贸易部长实现这一目标，推进最终协议的达成。

……

随着向前发展，我们相信通过持续的伙伴关系、合作和多边主义，我们将战胜挑战，恢

推动国际金融合作

复世界经济稳定与繁荣。

虽然世人对峰会的一些期待没有如愿，但对美元货币体系的约束正在以各种方式加强。而中、日、韩三国财长在华盛顿会晤，同意扩大货币互换的规模，并强调区域合作的重要性，也暗示美国不得不接受美元体系在这场危机中变得十分脆弱的事实，不得不认可为摆脱美元危机所形成的区域金融合作的动向。

世人瞩目的二十国集团领导人"金融市场和世界经济峰会"虽然没有达到像会前人们所期待的那样，产生一些"实质性"的成果，但这次峰会的意义还是为各国政府的联合行动，抵御危机，恢复市场信心打下了坚实的"信赖"基础。

危机当头，一直以来对欧美过分依赖、经济发展处于严重失衡的各个新兴市场国家，与此次危机的源头和重灾区的欧美各国都会很自然地强调各自国家的利益，强调政府的干预作用，而这些做法用过头，很容易产生贸易和投资的保护主义，很容易发生政府替代市场的干预行为。

但是，此次参会的二十国集团领导人却一致认为，市场原则，加上开放的贸易和投资体系以及有效监管的金融市场还是能够再次催生被当前的危机压抑掉的社会进步和经济发展所需要的活力、变革和创业精神，恰恰正是这些元素的激活，才会确保今后全球经济的彻底复苏和更可持续的平衡发展，才会帮助我们社会当前实现就业、减贫的紧迫目标。

另一方面，通过这次峰会，美国向来会的嘉宾们确认了对他们来说至关重要的"共同合作"的盟友基础。

在此次大会的声明中，世人可以明确看到，各国政府都认同了美国政府的这一危机管理意识，也同样希望通过建立持续的伙伴关系，坚持合作和多边主义，来克服当前全球所面临的挑战，以尽快恢复世界经济的稳定和繁荣。

面对当前纷繁复杂的国内外经济形势，中国政府一再强调做好自己的事情就是对世界经济和全球金融稳定的最大贡献！

胡锦涛主席代表中国政府在此次峰会上的重要讲话，再次向世界传递了来自新兴国家对主要发达经济体危机管理的责任和义务的明确要求，以及建立公平、公正、包容有序国际金融新秩序的务实并有利于操作的改革措施。这些诚恳的建议基本都反映在了峰会最后宣言中。尤其是全面性、均衡性、渐进性和时效性的实施原则，充分体现了中国政府将改革开放 30 年所积累下来的宝贵经验毫无保留地介绍给世界。

同时，这也是在向各国政府阐明发展中国家纳入全球一体化经济体系所需要注意的"立场"和"战术"问题。这对今后世界经济的复苏和更为平衡有序的健康发展，也将发挥积极有效的推进作用。

胡锦涛再次出席二十国峰会

2009年4月2日，胡锦涛同其他二十国集团成员领导人在英国首都伦敦聚会，共同探讨如何应对当前的国际金融危机和如何促进世界经济早日复苏等问题。

这次金融峰会在伦敦展览中心召开。会议分为两个阶段举行，与会领导人重点就加强宏观经济政策协调、稳定国际金融市场、推动国际金融体系改革等问题交换意见。

7时40分，胡锦涛同出席会议的其他成员领导人陆续抵达伦敦展览中心，受到会议东道国英国首相布朗的迎接。会议开始前，与会领导人出席了峰会早餐会。

这是胡锦涛继2008年11月出席在华盛顿举行的二十国集团领导人金融市场和世界经济峰会后，第二次出席金融峰会。

早在3月31日，胡锦涛在接受新华社记者采访时说，

二十国集团领导人峰会是国际社会共同应对国际经济金融危机的重要有效平台。2008年11月二十国集团领导人华盛顿峰会后，二十国集团领导人再次相聚伦敦，共商应对国际金融危机之策，对于提振民众和企业信心、稳定国

际金融市场、推动恢复世界经济增长具有重要意义。中方将本着负责任的态度，同出席会议的有关各方一道，努力使这次峰会取得积极务实的成果。

胡锦涛表示，中国作为国际社会负责任的成员，始终积极参与应对国际金融危机的国际合作。中国将继续同国际社会加强宏观经济政策协调，推动国际金融体系改革，积极维护多边贸易体制稳定，为推动恢复世界经济增长作出应有贡献。

中国外交部副部长何亚非在 3 月 23 日举行的中外记者吹风会上说，胡锦涛将在峰会上发表讲话，全面阐述中国的看法和主张。

国际货币基金组织 3 月 19 日发表报告说，2009 年世界经济将下降 0.5% 至 1%，为 60 年来首次负增长，其中发达国家经济将遭遇"深度衰退"，当年将下降 3% 至 3.5%。

4 月 1 日，伦敦市中心的伦敦金融城成为示威的热点地带。除了反对全球化或无政府主义者的大规模示威，也不乏小型示威活动。

当天，在会议地点外围，有人运来一块象征北极的冰块，在伦敦初春的阳光下渐渐融化，借此呼吁与会的各国领导人不能因为专注国际金融危机，而忽视了全球气候变化问题。活动只招来了不到 10 名参与者，记者和设置警戒线的警察人数远远超过示威者数量。

二十国集团领导人金融峰会吸引了来自世界各国的2000多名记者，伦敦展览中心一个大展厅成了他们集中工作的新闻中心。在新闻中心一侧，悬挂着峰会所有与会国家和欧盟的旗帜，但时间显示墙上只悬挂着3个时钟，从左至右依次显示着"华盛顿时间""伦敦时间"和"北京时间"，此外再没有其他城市的时间显示。东道主对"北京时间"的突出展示，似乎从一个侧面显示了中国在此次金融峰会上的分量。

在第二次金融峰会上，中国国家主席胡锦涛出现时显得格外精神，如同给此次峰会带来了一阵春风。

奥巴马是乘坐直升机抵达会展中心的，然后再换乘小轿车进入会场，由此可见这次金融峰会的安保是一级严密的。

各国和各地区的领导人抵达后进入会展中心，在指定的地方与英国首相布朗握手、合影，然后再进入宴会厅开始早餐会。

10时，各国领导人进行了集体合影，中国国家主席胡锦涛是坐在英国首相布朗的旁边，美国总统奥巴马则是站在第二排。

10时52分，英国首相布朗致开场词。二十国领导人第一阶段的全体会议正式开始。

这次金融峰会重点商讨如何应对金融和经济危机，来推动国际金融改革以避免金融危机的再次重演，中国国家主席胡锦涛在这次峰会上发表了题为《携手合作，同舟共济》的讲话，阐述中方的观点和主张。

胡锦涛说：

尊敬的布朗首相，各位同事：

很高兴在春暖花开的时节来到伦敦，同各位同事共商应对国际金融危机、恢复世界经济增长之策。首先，我对布朗首相的盛情邀请和周到安排表示衷心的感谢！

4个多月前，我们在华盛顿出席金融市场和世界经济峰会，就合作应对国际金融危机、加强金融监管、推进国际金融体系改革等问题达成一系列共识。华盛顿峰会以来，各国纷纷推出稳定金融、刺激经济的举措并取得初步成效，国际金融体系改革前期工作正在展开。当前，国际金融危机仍在蔓延和深化，对全球实体经济的冲击日益显现，世界经济金融形势依然复杂严峻，不少国家经济陷入衰退，社会稳定面临巨大挑战。

接着，胡锦涛提出五点意见：

第一，进一步坚定信心。经过长期发展，世界经济形成了坚实的物质技术基础，我们具备应对国际金融危机的客观条件……

第二，进一步加强合作。这场国际金融危机是在经济全球化深入发展、国与国相互依存日益紧密的大背景下发生的，任何国家都不可能独善其身，合作应对是正确抉择……

第三，进一步推进改革。我们应该抓紧落实华盛顿峰会达成的重要共识，坚持全面性、均衡性、渐进性、实效性的原则，推动国际金融秩序不断朝着公平、公正、包容、有序的方向发展。尤其要在以下方面做出努力……

第四，进一步反对保护主义。近来，贸易保护主义和其他形式的保护主义明显抬头，这不符合我们在华盛顿峰会上达成的反对保护主义的共识……

第五，进一步支持发展中国家。当前，一些发展中国家经济金融形势恶化，社会政治动荡加剧，值得我们高度重视……

胡锦涛说：

各位同事！国际金融危机给中国带来了前所未有的困难和挑战。主要表现在：经济下行压力明显加大，进出口继续下滑，工业生产明显放缓，部分企业生产经营困难，就业难度加大。这场国际金融危机与中国发展方式转变、经济结构调整的关键时期不期而遇，新的挑战与既有矛盾相互交织，加大了我们解决问题的难度。

胡锦涛最后说：

> 各位同事！寒冬过后必将迎来万物复苏、万象更新的春天。只要我们增强信心、携手合作，就一定能克服这场国际金融危机的严峻挑战，创造更加美好的未来。
> 谢谢各位。

胡锦涛的讲话结束后，会场响起热烈的掌声。

为期一天的二十国集团第二次金融峰会于会后发表领导人声明说，与会领导人就国际货币基金组织增资和加强金融监管等全球携手应对金融经济危机议题，达成多项共识，并承诺各国将采取共同行动，应对当前不断蔓延的国际金融危机。

各方主要就加强宏观经济政策协调、加强国际金融监管、稳定国际金融市场以及改革国际金融机构等问题进行了讨论，并达成诸多共识。

温家宝会晤欧盟各国领导人

2009 年 5 月 20 日，中国国务院总理温家宝在捷克首都布拉格同欧盟轮值主席国捷克总统克劳斯、欧盟委员会主席巴罗佐，以及欧盟理事会秘书长兼欧盟负责外交与安全政策高级代表索拉纳，举行第十一次中欧领导人会晤。

中欧领导人会晤是中欧双方最高级别的政治磋商机制。第十一次会晤的举行增进了双方的政治互信，为中欧关系未来发展指明了方向。

双方在坦诚、务实和友好的气氛中，就进一步发展中欧全面战略伙伴关系，共同应对国际金融危机、气候变化等全球性挑战深入交换了意见，达成重要共识。

在这次会晤中，温家宝进一步明确了中欧关系的基本定位，强调中欧关系核心在战略性，内涵在全面性，关键在与时俱进。中欧要坚持战略伙伴这一基本定位。

战略性指双方要以长远、战略眼光看待中欧关系，不受一时一事影响；全面性指中欧要在各领域加强合作；伙伴关系指中欧要相互尊重，平等互利，照顾彼此重大关切。

欧方表示，欧中关系具有战略性和全面性，欧盟积极致力于深化欧中全面战略伙伴关系，愿与中方加强对话合作，共同有效应对各种全球性问题和挑战。

欧方愿以公正、客观的方式对待中国市场经济地位问题，有解决对华军售禁令问题的政治意愿。欧方高度重视中国在国际上发挥的积极和建设性作用，相信中国将为世界和平与稳定作出更大贡献。

温家宝在会后发表谈话说：此次领导人会晤是富有成效的，达到了增进互信、推动合作、深化关系的目的。

随着中欧领导人会晤迈入第二个 10 年，中欧之间已经建立起 50 多个各级别磋商与对话机制，内容覆盖政治、经贸、科技、能源和环保等诸多领域，这为推进双方关系发展搭建了一个个平台。双方领导人同意，2009 年下半年将再次聚首北京。

第十一次中欧领导人会晤本应于 2008 年年底举行，但由于众所周知的原因，会晤未能如期进行。在温家宝访欧期间，双方领导人共同商定尽快恢复会晤。

从抵达布拉格出席会议到离开，温家宝此次欧洲之行前后不过 5 个小时，为了这短短 5 小时，他往返花了 20 个小时。这充分表明，中方高度重视发展中欧关系并把这种重视落实到实际行动上。

在当前全球经济因受金融危机重创陷入衰退的大背景下，中国和欧盟利用此次峰会进一步加深合作，显然更具有特殊的意义。

温家宝在会后举行的媒体见面会上强调，他重点同欧方就应对国际金融危机交换了意见。在应对危机方面，中欧利益是一致的，共识是广泛的，要齐心协力，共克时艰，为世界经济尽早复苏作出贡献。

温家宝表示：

中方希望同欧方一道，以实际行动反对任何形式的贸易和投资保护主义。

为推动双方贸易投资持续增长，温家宝提出：

希望欧盟放宽对华高技术产品出口限制，培育中欧经贸合作新的增长点。

此外，温家宝还宣布：

中国将在近期再向欧洲派出采购团，增加从欧洲的进口；中方愿意加强同欧盟在宏观经济政策和财金领域的对话，密切沟通和协调，共同推动国际金融体系改革取得进展。

总结这次中欧峰会，温家宝表示：

中国对自己的前途充满信心，对欧盟的发展抱有信心，对双方关系未来抱有信心。中方愿意与欧方做好朋友、好伙伴，以和谐促发展，以合作谋共赢，为人类的进步事业作出更大贡献。

欧方表示，欧方赞赏中方刺激经济、扩大内需的一系列措施取得了成效。中国经济保持增长有利于欧洲、有利于世界。欧方致力于发展同中国互利双赢的经贸关系，希望积极参与中国市场开放和经济发展。

作为全球两大经济体，中国和欧盟经济均受到国际金融危机不同程度的影响。通过扩大贸易和投资"抱团取暖"不仅有助于双方经济早日恢复，而且对于拉动世界经济复苏至关重要。

会后，双方发表联合新闻公报，公报明确指出：中欧领导人承诺，将全面执行伦敦金融峰会领导人声明，抵御和反对各种形式的保护主义，致力于世界贸易组织多哈发展回合谈判尽早达成具有雄心的、均衡的和全面的结果。

张业遂发言反对贸易保护

2009 年 5 月 27 日，联合国经社理事会与世界银行、国际货币基金组织、世界贸易组织和联合国贸发会议联合举行的特别高层会议在纽约举行。

中国常驻联合国代表张业遂出席这次会议，张业遂在会上发言说：

国际社会在应对全球金融危机的过程中，更要将反对贸易保护主义作为考虑的重要因素……亦是推动世界经济复苏的一个重要引擎。金融危机不能给贸易保护主义提供任何合理性。反之，在应对金融危机过程中，更要将反对贸易保护主义作为考虑的重要因素。

张业遂说，联合国发表的《2009 年世界形势与展望》报告指出，"国际协调不仅要协调财政支出，而且要在设计财政干预措施时避免出现新形式的间接保护主义"，这一点要引起各政策制定者的高度重视。

多哈回合谈判事关全球贸易自由化进程，应推动多哈回合谈判早日取得全面、均衡的成果。要加大世界贸易组织"促贸援助"的力度，帮助发展中国家加强能力建设。

在谈到二十国集团伦敦金融峰会时，张业遂说：

> 二十国集团伦敦金融峰会就应对全球金融危机达成多项共识，并将发展问题放到重要位置。

会后，张业遂召开记者会，他表示：这次会议重申对实现千年发展目标的历史性承诺，为使最贫穷国家能获得必需的资源，决定向世界银行《脆弱性框架计划》提供自愿双边捐款，决定由国际货币基金组织通过出售黄金为最贫困国家提供 60 亿美元的优惠贷款。这些决定是重要的、及时的，希望有关机构认真加以落实。

关于联合国大会高级别会议，他说，将于 2009 年 6 月 1 日至 3 日召开的"世界金融和经济危机及其对发展影响的高级别会议"，将是联合国系统为应对金融危机采取的重大行动。

张业遂说：

> 通过这次会议，我们需要倾听联合国广大会员国特别是发展中国家的声音，向国际社会释放各国团结一致应对金融危机的积极信号，为减少危机对最脆弱群体的伤害、实现千年发展目标作出贡献。我们也希望通过此次会议，

推动国际金融合作

倾听到广大发展中国家对改革国际金融体制所发表的意见。

在金融危机扩大以后，各个国家开始反思贸易保护主义的各种弊端。

美国新任总统奥巴马就任后，美国贸易保护政策的重点预料将是首先加大工业和农业补贴，同时以人权、劳工保护和环境为借口，强化所谓公平贸易原则。事实上奥巴马所属的民主党受工会支持，对布什政府达成的多项自由贸易协议本就持反对态度。

奥巴马早在竞选时已提出修订北美自由贸易协议，加入有关劳工标准和环境的条款。而在美国国会就美国和哥伦比亚自由贸易协议投票前，奥巴马亦主张哥伦比亚必须加大力度打击针对工会成员的暴力行为。他同时要求重新谈判美国和韩国自由贸易协议，确保韩国向美开放更多农业和制造业方面的市场。

英国《每日电讯报》发表了题为《保护主义最终什么也保护不了》的社评，以20世纪30年代发生在美国的经济大萧条为例，指出保护主义解决不了危机，信奉保护主义的人最终只能是搬起石头砸自己的脚。

美国商会的布拉多克认为，全球消费者约有95%生活在美国以外的地区，一旦其他国家针对这一条款采取报复措施，也只购买本地产品，那么，首先受到冲击的就将是美国企业。

当然，发展自由贸易需要关注一些易受影响的人群，需要帮助一些行业发展其比较优势，需要建立更加公正、合理的国际贸易秩序。

但保护主义却不是从这些角度出发，其本质是拒绝竞争，试图关起门来保护少数人的利益。在全球化日益发展的今天，保护主义注定难以取得成功。

加拿大国际贸易部长斯托克韦尔·戴指出，美国采取贸易保护主义举措将引发贸易战，不利于世界经济复苏，没有任何国家会从中受益。

日本财务大臣中川昭一也表示，贸易保护主义会对全世界造成负面影响，日本会坚决反对这一做法。

中美日携手应对金融危机

2009 年 6 月 2 日下午，胡锦涛在人民大会堂会见美国总统特别代表、财政部长盖特纳。

中国国务院副总理王岐山、财政部长谢旭人等参加这次会见。

在谈话中，胡锦涛表示：

中美两国作为世界上有重要影响的国家，无论是在应对国际金融危机挑战、推动世界经济复苏方面，还是在处理国际和地区热点问题、维护世界和平与安全方面，双方都有着广泛共同利益，肩负着重要责任。中方愿与美方一道，坚持从战略高度和长远角度出发，把握大局，抓住机遇，进一步加强两国各级别对话与磋商，扩大双方各领域交流与合作，推动新时期中美关系取得新的进展。

盖特纳说，奥巴马总统承诺，美方将努力发展同中国更加强有力的合作关系。

盖特纳表示，美方期待着即将在华盛顿举行的美中战略与经济对话取得积极成果，愿同中方就共同关心的重大问题进行战略性、前瞻性和长期性的对话。美中两国为稳定国际金融体系、促进全球经济复苏发挥了重要作用。美方愿同中方加强在金融、贸易等领域的合作，推动国际金融体系改革，促进全球经济稳定和可持续发展。

当天，温家宝在中南海紫光阁会见了美国总统特别代表、财政部长盖特纳。

温家宝表示：

> 中美关系正处在一个新的历史起点上，面临进一步向前发展的机遇。双方要坚持从战略高度和长远角度出发处理中美关系，充分发挥中美战略与经济对话的作用，不断巩固和扩大共同利益的基础，切实尊重和照顾彼此核心利益。当前，最重要的是，中美双方要加强应对国际金融危机的合作，坚决反对贸易和投资保护主义，推进国际金融体系改革，加强对国际储备货币的监管，维护中美两国和世界经济的稳定和发展。

盖特纳表示，美中之间有着许多共同利益。美方愿在相互尊重基础上，同中方建立强有力的合作关系，共同应对国际金融危机，推动恢复世界经济增长，改革国际金融体系。

他还说，美方希望加强同中方在贸易、提高能效、气候变化等领域的合作，并共同致力于维护地区和世界的和平稳定。

这场罕见的国际金融危机，似乎同时扮演了大国关系重构的"催化剂"。

2009 年 6 月，中美日三边首次对话已经按下启动的按钮，静待时机，随时登场。

中日第二次经济高层对话、第十次战略对话，新的中美战略与经济对话将首次在华盛顿举行，而在此之前，是六次中美战略对话和五次中美战略经济对话。

中美日三国总计占有全球 40% 的生产总值份额，三个经济大国将第一次坐在一起，面对丰富的议事"菜单"。而过去双边对话的方桌，现在正要换成三人游戏的圆桌。

在飞速变化的世界中，似乎任何确定都要被变化所取代，新鲜的思想需要被引入现代外交的餐桌上。

哈佛大学教授约瑟夫·奈则告诉美国国会，华盛顿希望看到一个稳定的中美日三边关系。他表示，"整合，防止不确定性，是一个更好的方式"。

日本是受金融危机影响比较大的国家，再加上日本资源并不丰富，依赖国际市场，向外寻求新的对话模式便被日本政府提上议事议程。

早在 2008 年 11 月，金融危机日渐深刻，并向实体经济蔓延。日本也未能幸免。为此，日本政府加紧制定刺激经济景气政策，并打算"撒钱"刺激消费。

当年 11 月 30 日，麻生首相宣布了一系列追加经济对策，总额高达 26 兆 9000 亿日元。同时，他还向国民承诺提高消费税率。麻生此言一出，立刻舆论哗然。

日本《读卖新闻》报道，10 月 30 日，麻生首相提出，将在 30 日通过一项颁发补助金的新政策。这项政策以全体国民为对象，补助总额将高达 2 兆日元，平均每户大约可以得到 3.8 万日元的补助，并一定要在当年年底兑现。本来政府预定通过减税的方式刺激经济，但是考虑到由于股价大跌，经济发展走向不明等原因，为了达到多方面刺激经济的目的，决定对全体国民颁发特别补助金。家庭人员构成不同，所获得的补助金也不同。比如一个 4 口人之家，大约可以获得 6 万日元。

然而，11 月 4 日，麻生首相又改口称，发放补助金要制定收入限制。因为有钱人并不需要。如此出尔反尔，成为媒体笑柄，也让民主党有了足够追究责任的材料。

此外，日本政府还在考虑要在一定时期内，取消证券类的买卖税金，加强限制股票的买空卖空行为等政策。对于受到危机影响的中小企业，也要开展限时减轻法人税的措施。另外，还要降低高速道路通行费，实施住宅贷款减税等政策。

当时，《东京新闻》也报道，国民对麻生的追加对策反应复杂。虽然对首相"撒钱"、降低高速公路费表示欢迎，因为有钱拿毕竟是一件值得高兴的事，但是对提高消费税却感到是一种将来的负担。还有就是首相的政策还不足以治愈地方经济的伤。

这样日本便加紧了与中国等国家的协商对话，以共同抗御金融风暴。

日本《朝日新闻》的总编辑船桥洋一，作为一名国际问题专家，他也是日本国内最早倡议"新三边主义"的人士之一。

美国国务卿希拉里的东亚之行抵达日本时，船桥还与报社记者特意就此对她进行了一次采访。

《朝日新闻》问："美国、中国、日本，有些人提议在这三个国家之间启动新进程……也许现在正是三国聚到一起，至少就共同利益和共同关注相互磋商的时候。您同意这种说法吗？"

希拉里不假思索地回答：

我认为这是一个值得探讨的想法。美国有着在中国、日本和本国之间建立一种合作关系的强烈愿望。因此，我们将征求这两个国家的意见，看看是否有机会展开三边对话。

6月5日，中日经济高层对话的前一天，日本共同社率先披露，中国、美国和日本将举行三国对话，这象征着现有的国际秩序即将迎来转机。

四、合力实现经济复苏

● 胡锦涛强调：我们应该采取负责任的应对国际金融危机举措，坚定反对保护主义，积极推动多哈回合谈判早日取得全面、均衡的成果。

● 胡锦涛强调：我们应该落实伦敦峰会确定的时间表和路线图，着力提高发展中国家的代表性和发言权，不断推动改革取得实质性进展。

● 李晓超说：未来中国将采取灵活审慎的宏观调控政策，并将与各国积极合作，共渡此次全球金融危机难关。

胡锦涛在联大发表重要讲话

2009 年 9 月 23 日，第六十四届联合国大会一般性辩论在纽约联合国总部开幕。

会前，中国外交部官员介绍，胡锦涛在讲话中将全面阐述中国对当前国际形势和重大全球问题的看法，并就如何维护世界和平、促进共同发展、推动互利共赢、实现和谐共处提出中方主张。

一般性辩论在纽约联合国总部大会厅举行。在这届联大一般性辩论中，与会领导人主要就国际形势、联合国作用和重大国际和地区问题阐述看法。

中国国家主席胡锦涛在会上发表题为《同舟共济，共创未来》的重要讲话。胡锦涛说：

主席先生，各位同事，女士们，先生们：

当今世界正处在大发展大变革大调整时期，和平、发展、合作的时代潮流更加强劲。世界多极化、经济全球化深入发展，多边主义和国际关系民主化深入人心，开放合作、互利共赢成为国际社会广泛共识，国与国相互依存更加紧密。

同时，国际金融危机影响仍在持续，世界

经济复苏前景还不明朗，全球失业和贫困人口数量上升，发展不平衡更加突出，气候变化、粮食安全、能源资源安全、公共卫生安全等全球性问题进一步显现，恐怖主义、大规模杀伤性武器扩散、跨国有组织犯罪、重大传染性疾病等非传统安全威胁依然存在，一些热点问题长期得不到解决，地区局部冲突此起彼伏，国际形势中的不稳定不确定因素给世界和平与发展带来严峻挑战。

胡锦涛认为，面对前所未有的机遇和挑战，国际社会应该继续携手并进，秉持和平、发展、合作、共赢、包容理念，推动建设持久和平、共同繁荣的和谐世界，为人类和平与发展的崇高事业不懈努力。为此，胡锦涛提出三点意见：

第一，用更广阔的视野审视安全，维护世界和平稳定。

第二，用更全面的观点看待发展，促进共同繁荣。在经济全球化深入发展的大背景下，各国发展息息相关。没有发展中国家普遍发展和平等参与，就没有世界共同繁荣，就无法建立更加公正合理的国际经济秩序。受国际金融危机冲击，发展中国家外部发展环境恶化，经济增长普遍减速，发展遇到严重困难。

……

第三，用更开放的态度开展合作，推动互利共赢。

胡锦涛指出：我们应该把促进共同发展作为解决全球发展不平衡和实现可持续发展的重要途径。联合国应该加大对发展问题的投入，促进经济全球化朝着均衡、普惠、共赢方向发展，努力营造有利于发展中国家发展的国际环境。国际金融机构应该把新增资源首先用于帮助发展中国家脱困，以更加灵活多样、更加便利快捷的方式提供贷款支持。国际金融体系改革应该着力提高发展中国家的代表性和发言权。

胡锦涛强调：

我们应该采取负责任的应对国际金融危机举措，坚定反对保护主义，积极推动多哈回合谈判早日取得全面、均衡的成果。发达国家应该向发展中国家开放市场、减免关税，兑现官方发展援助和减债承诺，特别是加大对最不发达国家援助力度，重点解决其面临的饥饿、医疗、教育等问题。

胡锦涛的讲话，受到大家的热烈欢迎。

中国成为二十国峰会的焦点

2009 年 9 月 24 日，中国国家主席胡锦涛抵达美国东部城市匹兹堡，出席二十国集团领导人第三次金融峰会。

匹兹堡位于美国东海岸的西南部，人口约 33 万。它坐落在阿勒格尼河、莫加西河与俄亥俄河的交汇处，是美国最大的内河港口之一，因此全市桥梁众多，共有 446 座桥。

匹兹堡是美国著名的钢铁之都，也曾经是北美污染最严重的地区之一。钢铁业在美国成为夕阳产业之后，匹兹堡进行了产业结构调整，实现了从传统老工业城市到新兴绿色产业基地的成功转变。

匹兹堡已经成为信息技术等众多高科技领域的综合性产业基地。在 2008 年的美国经济衰退中，匹兹堡并没有受到太大的影响，失业率没有大幅上升，是全美少有几个在经济衰退时仍能保持财政盈余的城市。

胡锦涛是在纽约出席了联合国系列会议后乘专机抵达匹兹堡的。胡锦涛 21 日抵达纽约后，先后出席了联合国气候变化峰会、第六十四届联大一般性辩论、安理会核不扩散与核裁军峰会。

这是胡锦涛继 2008 年 11 月出席华盛顿峰会和 2009 年 4 月出席伦敦峰会后，第三次出席这样的会议。会议将重点讨论推动世界经济复苏、转变经济发展方式、国际金融体系改革、发展问题等议题。

中国外交部副部长何亚非在 9 月 15 日举行的中外媒体吹风会上说，前两次峰会取得了非常重要的成果，达成很多共识。

何亚非希望此次峰会在四个方面取得积极成果：

第一，继续加强宏观经济政策协调，推动世界经济迅速复苏；

第二，按照伦敦峰会制定的时间表，积极推进国际金融机构治理结构改革，增加新兴市场和发展中国家的发言权和代表性；

第三，促进共同发展，关注发展中国家特别是最不发达国家的发展问题；

第四，反对贸易保护主义，推动多哈回合谈判早日取得全面、平衡的成果。

尽管峰会还未开始，但美国总统奥巴马已在会前抛出了平衡全球经济的提议，他认为包括中国、德国和日本在内的出口国应降低对出口的依赖，从而解决全球失衡问题。舆论认为，发展国家峰会上，中美或在贸易保护问题上展开尖峰对决。而最新的数据则显示，2009 年前 8 个月，美国国外对华贸易调查涉案金额已超过百亿美元。

随着全球金融危机的蔓延，全球贸易保护主义已明显抬头，2008年上半年由于美国次贷危机的影响，全球的反倾销案突然增加了39%。

据世界贸易组织统计，2008年中国遭遇到的反倾销调查达73起、反补贴调查达10起，分别占全球同类案件总数的35%和71%，是全球遭遇贸易救济调查最多的成员。2009年，中国遭受的反倾销、反补贴、保障措施及特保措施等贸易救济调查更多达58起，涉案金额超过80亿美元。

特别是当年6月中旬时，美国在10天里针对中国钢铁产品采取了3起的反倾销案件，欧盟也对中国的鞋和鸡肉等等提出了反倾销诉讼。

2009年8月份以来，美国轮胎特保案更是引起了社会的极大关注。9月11日，美国总统奥巴马对中国的轮胎特保案做出最终裁定：对从中国进口的所有小轿车和轻型卡车轮胎征收为期3年的惩罚性关税，之后，中国出口到美国的轮胎产品关税税率增加10倍，由3.4%直接飙升到35%。

美国的这种贸易保护主义做法立即使其他国家跟风效仿，巴西在9月10日公布了两项针对中国产品的反倾销措施，阿根廷也立即在9月11日跟风表示，将对原产于中国的汽车轮胎进行反倾销调查，不排除对中国生产的小汽车用轮胎征收反倾销税。毫无疑问，这些反倾销案的频繁出现，将给中国出口形势造成负面影响。

中国加入世界贸易组织以后，遭遇到的反倾销调查有什么样的趋势变化？未来中国商品的反倾销案件是否还会增多呢？自从1998年中国制造开始崛起以后，中国就成为全球反倾销的一个重灾区，从加入世界贸易组织的2001年到2008年，中国受到的反倾销案有463起。

金融危机以来的这一段时间里，全球的反倾销案里，有一半是针对中国商品的，反倾销的种类从最初的初级商品比如打火机、服装等，现在已进入到汽车零配件、机械装备等中高端商品。

另外，反倾销的手段也在日益增加，从最早的反倾销条款到现在的"特别保障"的措施，甚至在7月底，在俄罗斯对莫斯科附近的商品市场进行关闭，使数百中国商人无法继续他们的生意。

这些景象表明，中国面对的对外贸易现状是比较紧张的，需要政府和企业采取积极政策。

当时，有些专家认为，未来三四年内，如果欧美经济持续处在一个比较萧条的状况，受到他们国内企业和工会的压力，针对国际商品特别是中国商品的反倾销案件可能还会持续增多，这是我们需要非常警惕的现象。

奥巴马在发展中国家匹兹堡峰会前向中国的要价以及媒体对中美分歧的关注，让中国人感受到此次发展中国家峰会与2009年4月的伦敦峰会迥异的气氛。不过在23日，在美国、法国、日本等国家的媒体上，他们的领导人与中国领导人的会晤都被突出报道。

在法国电视 2 台和 3 台的整点新闻中，萨科齐下车进酒店之后的第二个镜头，就给了他与中国领导人的双人会面，并称此次两人的会面，与几个月前意大利拉奎拉峰会气氛截然不同，当时，两位领导人仅仅是握握手，点点头，而这次，两位首脑是肩并肩站在一起，微笑合影。

法国《费加罗》23 日评论称，"这也是法中两国之间一次'非常物质化'的会晤，法中关系回到正轨后，将重新推进中法高铁项目的进展"，"看到终于结束了与北京之间进行了一年多的争吵，爱丽舍宫毫不掩饰它松了一口气"。

"如果当地官员对中国代表团表现出格外的热情，请不要惊奇。"《匹兹堡邮报》22 日的文章这样写道。文章还说，中国微观经济条件的改善已成为匹兹堡当地企业的福音。

另外，奥巴马与中国领导人的会谈也是美国之音等媒体的重要新闻。

9 月 23 日的香港《明报》解读说，外界原认为，规管金融机构薪酬等会是主要议题，但美国却将视线转向西方所强调的"全球经济不平衡"问题，矛头指向中国。路透社则估计，"中国将礼貌地抵制美国的提议"。

文章称，在过去一年里，世界的焦点是寻找把世界带出金融危机的途径，中国的货币政策和贸易顺差被放到一边，但美国准备把压力转移到北京身上的意图在本月变得非常清晰：中国首次遭遇美国的"特保"条款。

文章分析说，作为世界增长速度最快的经济体，充满自信的中国将会伸出"合作之手"，但是将会拒绝被称为"罪魁祸首"。

清华大学的孙哲研究员指出：

　　奥巴马的说法显示美国在发展中国家峰会议程设置上想主导话语权，但中美之间的分歧并不可怕，重要的是相互交流的机制，而且中美之间的分歧不能被夸大，这就好比坐飞机，虽然是平稳飞行期，也要系好安全带。

孙哲同时表示："中国要对矛盾提前有所准备。"

胡锦涛就金融改革提出建议

2009 年 9 月 24 日下午，二十国集团领导人齐聚美国昔日的"钢铁之城"匹兹堡，举行一年之内的第三次金融峰会。这次峰会的主要议题包括推动世界经济复苏和国际金融体系改革等。

美国总统奥巴马在菲普斯温室植物园门口迎接陆续抵达的二十国集团其他领导人。随后，二十国集团领导人将在此举行工作晚宴。

根据日程安排，为期两天的金融峰会将于 25 日下午在劳伦斯会议中心落下帷幕。

9 月 25 日，中国国家主席胡锦涛出席峰会。在会上，胡锦涛发表题为《全力促进增长推动平衡发展》的重要讲话，胡锦涛在讲话中说：

尊敬的奥巴马总统，各位同事：

很高兴来到匹兹堡参加二十国集团领导人第三次金融峰会。首先，我对奥巴马总统为本次峰会所作的精心准备和周到安排，表示衷心的感谢！

经过华盛顿和伦敦两次金融峰会，国际社会信心增强，金融市场趋于稳定，世界经济出现积极变化。同时，我们也清醒地看到，世界经济形势好转的基础并不牢固，不确定因素仍然很多，实现全面复苏将是缓慢和曲折的过程。当前，我们的首要任务仍然是应对国际金融危机、推动世界经济健康复苏，同时要坚定不移推进国际金融体系改革，在解决全球发展不平衡进程中实现世界经济全面持续平衡发展。

接着，胡锦涛就国际金融体制改革提出三点建议，胡锦涛表示：

第一，坚定不移刺激经济增长。我们应该充分利用二十国集团这一平台，继续加强宏观经济政策协调，保持政策导向总体一致性、时效性、前瞻性……

第二，坚定不移推进国际金融体系改革。二十国集团领导人在前两次金融峰会上达成了推进国际金融体系改革的政治共识，这是我们向全世界做出的庄严承诺……

第三，坚定不移推动世界经济平衡发展……

胡锦涛在讲话中指出：各国应该保持经济刺激方案力度，无论是发达国家还是发展中国家都应该采取更加扎实有效的举措，在促进消费、扩大内需上多下功夫。主要储备货币发行国要平衡和兼顾货币政策对国内经济和国际经济的影响，切实维护国际金融市场的稳定。要坚决反对和抵制各种形式的保护主义，维护公正自由开放的全球贸易和投资体系，继续承诺不对商品、投资、服务设置新的限制措施，在锁定现有成果的基础上推动多哈回合谈判早日取得成功。

胡锦涛强调：

> 我们应该落实伦敦峰会确定的时间表和路线图，着力提高发展中国家代表性和发言权，不断推动改革取得实质性进展。我们应该完善国际金融机构现行决策程序和机制，推动各方更加广泛有效参与。我们应该推进国际金融监管体系改革，改革应该触及最根本的监管原则和目标，未来金融监管体系要简单易行、便于问责。我们应该加强金融监管合作，扩大金融监管覆盖面，尽快制定普遍接受的金融监管标准，高质量落实各项改革措施。

胡锦涛还阐述了中国在抗御金融风暴时做出的努力，他指出：中国高度重视经济社会全面协调可持续发展。我们坚持把扩大内需特别是消费需求作为应对国际金融危机冲击的基本立足点，积极调整内外需结构和投资消费结构，在经济发展中努力实现速度与结构、质量、效益相统一。国际金融危机发生以来，中国推出一系列扩大内需、调整结构、促进增长、改善民生的政策措施，并取得初步成效。

胡锦涛最后表示：

各位同事！二十国集团领导人在不到一年的时间内举行了 3 次峰会，取得了积极成效。我相信，在国际社会共同努力下，我们一定能够最终战胜这场国际金融危机，迎来世界经济更加繁荣的明天。

谢谢各位。

胡锦涛的讲话受到与会者的赞同。

二十国峰会发表领导人声明

2009 年 9 月 25 日下午，二十国集团第三次金融峰会在美国匹兹堡闭幕，会议发表《领导人声明》，强调全球经济需要"持久的复苏"，以创造出"民众需要的、良好的就业机会"。

"声明"说，经济复苏的进程尚未完成，许多国家的失业率仍然居高不下，私人消费仍未完全恢复。因此，各方承诺将继续刺激计划，以确保经济增长和就业增加。

"声明"指定二十国集团成为"国际经济合作的主要平台"，承诺将新兴市场和发展中国家在国际货币基金组织的份额提高至少 5% 以上。将注资超过 5000 亿美元，用于扩大国际货币基金的"新借款安排"机制。

"声明"承诺，世界银行应通过一项强有力的方案，体现新兴国家的地位和世行发展问题的重要性，把发展中国家和经济处于转型阶段国家的表决权提高至少 3% 以上，从而照顾未能充分享受表决权国家的利益。

"声明"承诺在 2010 年年底前制定为各国所能接受的规章制度，改善银行资本的数量和质量，将在 2012 年年底前将其全部付诸实施。

"声明"承诺，各方将共同反对贸易保护主义，致力于在 2010 年成功完成多哈回合谈判。

声明承诺将竭尽全力，争取在哥本哈根举行的联合国气候变化大会上通过相关谈判达成协议。

领导人决定，下两次领导人峰会将于 2010 年 6 月和 11 月分别在加拿大和韩国举行。各方期望峰会今后每年举行一次。2011 年将在法国举行。

当时，参加二十国金融峰会的中国代表团举行了一场新闻发布会，中国外交部国际司司长吴海龙在发布会上表示，中国支持二十国集团峰会继续办下去。

吴海龙表示，二十国集团峰会已经成为国际社会开展经济金融合作，加强全球经济治理的有效机制，现在不少国家希望二十国集团峰会能继续办下去。一些国家甚至主动提出，明年要承办二十国集团峰会。

吴海龙说：

我们认为无论是从应对国际金融危机、促进世界经济复苏角度，还是从加强全球经济治理，规范经济全球化发展的角度，我们希望本次峰会能够就二十国集团的机制化以及今后的安排达成共识。

吴海龙接着指出：当然从长远看，我们希望今后能够根据透明、民主、公正、公平的原则，确定二十国集团峰会的机制安排。他说，我们希望机制的安排能体现三方面的原则：

其一，代表性，因为当前国际社会面临的问题和挑战涉及各方利益，要解决这些问题，不仅需要发达国家，也需要发展中国家的参与。特别是发展中国家将在将来的全球经济治理上发挥积极的作用。

其二，平等性，在机制运作的过程中，将来应平衡反映各方关切和意见，体现民主，包括会议议程的设置、文件起草、议事决策方面，都要体现民主。

其三，实效性，避免空谈。机制运转的好不好，不仅仅在于讨论什么，关键还在于讨论的问题要落实在行动上，要兑现承诺。

9月26日，出席匹兹堡峰会的二十国首脑发表公报，确定各国的经济振兴政策已经取得成果。二十国集团定下时间表，实施更严厉的银行监管条例，并且决定给予新兴经济体更大的经济发言权、建立更平衡的经济体系。

公报指出，世界经济复苏的进程尚未完成，好些国家的失业率仍然处在高水平，各国决定设立机制，共同采取行动使经济增长恢复正常，各国也承诺继续推行振兴计划，以确保经济增长和就业增加，直到复苏的步伐稳定为止。

英国首相布朗说："代表全球三分之二人口的领袖们

同意采取一项全球性的计划，促进就业和经济增长，使经济取得能持续的复苏。"

各国定下的目标是：到了 2010 年，各国将就改善银行资本体制的"质与量"达成协议，以抑制冒险的投资活动。

各国希望二十国集团的金融稳定署能在 2010 年 3 月就此递交报告。各国决定从 2012 年开始落实他们所达成的协议。但联合公报并未说明各国要如何落实这些措施。

各国也同意定下金融机构高层人员薪金与奖金的新标准，例如，撤销保障给予多年花红的条例以及要求金融机构公布薪金与奖金数额等。

这一次的峰会是二十国集团 2009 年召开的第三次峰会，重点之一是检讨经济振兴政策的成效。联合公报确定，振兴政策取得了效果。美国总统奥巴马首次主持的主要峰会得以在积极的气氛中落幕。

奥巴马说："我们不能容许经济再处于过去那样的盛衰循环之中，我们不能等到危机出现才来合作。因此，我们的新机制将让我们得知其他成员的经济政策，能就改革进行协商，以确保全球的需求能使全部国家取得增长。"

公报宣布，二十国将设立一个相互检讨的体制，让各成员的经济学者评估他国的经济政策，并提出建议。

中国控制金融危机成效显著

2008 年 10 月中旬，国家统计局新闻发言人、国民经济综合统计司司长李晓超通过一系列重要数据说明，尽管"困难和挑战多年少见"，但中国经济总体运行良好，经济发展的基本态势没有改变，中国有抵御此次全球性金融危机的能力、基础和空间。

李晓超说：

> 未来中国将采取灵活审慎的宏观调控政策，并将与各国积极合作，共渡此次全球金融危机难关。

作为对外开放度日益扩大、与世界经济联系越来越密切的中国，是否能抵御此次席卷全球的"金融海啸"，也是大家所关注的话题。

对此，李晓超认为，当前的世界金融危机对中国未来经济会产生一些不利的影响，因此需要密切关注它对吸引外资、出口增长以及投资者和消费者信心的影响。但他指出，中国有抵御金融危机的能力，也有抵御这一影响的基础和空间：

首先是改革开放 30 年来，中国经济快速发展积累的财富和奠定的基础；

二是有国内较高的储蓄率，资金来源稳定、丰富、充裕；

三是内需潜力较大，扩大内需的空间较为广阔；

四是出口结构仍有拓展的余地；

五是政策操作空间还有较多的余地。

李晓超表示，中国作为一个负责任的大国，将积极密切地与世界各国和国际组织合作，共同努力渡过此次国际金融危机难关。下一阶段，中国将采取灵活审慎的宏观调控政策，进一步增强宏观调控的预见性、针对性、灵活性，促进经济平稳较快增长，保持国内经济金融稳定，努力推动国民经济又好又快发展。

李晓超在回顾中国经济当年以来所走过的"十分不寻常""十分不容易"的历程时，百感交集：

此时我们不禁会想起为克服这些困难和挑战，全国上下共同做出的艰苦努力，也不禁让我们想起，付出努力总会有收获的道理。

的确，回望过往，困难和挑战面前，中国政府从容地采取了一系列应对措施。

早在2008年3月14日，美联储宣布，对陷入困境的美国第五大投行贝尔斯登提供紧急贷款。

3月19日，美国纽约证券交易所内一片忙碌景象。当日，纽约股市宽幅震荡，三大股指终盘跌幅均超2%，其中道琼斯指数下跌近300点。

4月，在西方主要发达国家实施一系列干预措施后，全球主要金融市场一度迎来短暂的平静期，甚至很多权威机构预测次贷危机即将结束。

然而短短几个月，形势又急转直下，美国两大房贷机构房利美和房地美陷入困境。美国政府宣布出资2000亿美元接管"两房"。在随后不到一个月内，美国多家金融机构陷入困境。

紧接着，美国第四大投行雷曼兄弟公司宣布破产；美国第三大投行美林公司被美国银行收购；美国政府对陷入困境的保险业巨头美国国际集团提供高达850亿美元的紧急贷款；美国政府向国会提交7000亿美元的金融救助计划；美联储宣布批准美国第一大投行高盛和第二大投行摩根士丹利转为银行控股公司；美国监管机构接手美最大储蓄银行华盛顿互惠银行，并将其部分业务出售给摩根大通银行。

这场在华尔街生成的"金融海啸"迅速向世界波及，世界金融市场继续急剧动荡，国际经济环境日趋复杂和严峻。

这期间，英国、日本、法国、俄罗斯、巴西、韩国等国纷纷采取多种措施实施金融救援。各国政府以及银行纷纷采取一系列措施，以避免国际金融秩序陷入混乱。

中国采取了一系列措施救市、稳定物价。

中国经济基本长期面向好趋势没有改变，资本市场作为国民经济的晴雨表对此也做出了比较合理的反映。

到 2009 年 8 月份，中国经济依然保持着较大的增速。从李晓超公布的数据可以看到，尽管困难重重，前三季度中国国内生产总值增长仍达到 9.9%，略高于改革开放以来 9.8% 的年平均增速，保持了平稳较快增长，而且这个增速是在经济规模较大的基础上实现的，显得更为可贵。

资料显示，当年 5 月份以来，居民消费价格涨幅分别为 7.7%、7.3%、6.3%、4.9%、4.6%，呈逐月降低之势，居民消费价格涨幅为何能继续回落？

李晓超分析认为，这是中国政府一系列宏观调控政策出台实施的结果，同时也与国际价格涨幅回落有关：一是随着中国从紧的货币政策和稳健的财政政策的实施，货币供应量增速明显放缓，总供给与总需求的矛盾缓解，有利于控制价格上涨。二是采取了有针对性的控制价格的措施，针对生猪价格的较快上涨，加大了对生猪生产和供应的支持力度、补贴标准；针对粮食价格的较快上涨，进一步加大了对农业生产的扶持力度，加强了对粮食生产的调控。三是国际初级产品价格和居民消费价格涨幅回落。

但李晓超同时也提醒说，当前经济运行中还是存在着一些影响价格上涨的不确定因素：比如上游产品价格仍处于高位，再比如国际初级产品价格涨幅虽有所回落，但涨幅仍比较高，未来的走势还取决于国际金融市场向什么方向变化等。因此，对居民消费价格上涨还不能掉以轻心。

本书主要参考资料

《金融风暴下的2009》唐风编著 中国商业出版社

《"金融风暴"与企业的战略选择》季小江著 经济
　　管理出版社

《全球金融风暴与中国直销发展机遇》尹联 欧阳文
　　章著 经济管理出版社

《金融风暴下的个人理财：我的财富不缩水》李丹
　　吴岚冲编著 当代世界出版社

《生死大抉择：民营企业金融风暴真相调查》李剑平
　　著 中国经济出版社